Minha estranha loucura

Evandro Luiz da Conceição

Minha estranha loucura

Histórias

todavia

À Marina da Conceição, minha matriarca e dona do ventre que me trouxe ao mundo, que hoje repousa no Orun com os nossos ancestrais.
Apesar de não ter presenciado em vida a colheita, te dedico os frutos da semente que você plantou: o teu filho mais velho, quem diria, virou escritor.
Sua bênção, mãe!

Cícero e Casé

Dizem as bocas de conflito que Cícero e Casé se cruzaram pela primeira vez dentro do banheirão do finado Risca Facas, o último inferninho do canto esquerdo da rua da Lama. Quem ainda se lembra, morre de saudade daquele antro, ponto de encontro de bêbados, bichas, putas, michês, pivetes, curiosos e gente de vida dupla.

E há também quem sinta falta dos histéricos pastores nas calçadas, anunciando o Juízo Final enquanto as ovelhas desgarradas do rebanho bebiam, fumavam, cheiravam, comiam e davam de comer ao corpo, bem do jeito que o Diabo gosta. Cícero e Casé nunca imaginaram que, depois de tantas orgias dentro dos cubículos escuros fedendo a porra e suor, dividiriam a vida que estava por vir, o teto, os tostões e os boletos vencidos.

Apesar de ainda estar na mocidade, a pele e o cabelo maltratados pelo sol faziam Cícero aparentar os anos que ainda nem tinha vivido. Sua tez parecia da cor da noite, ele pouco falava, era jardim secreto onde solidão e mistério criaram raízes.

Carregava a dureza do azeviche estampada no rosto, mas era frágil, tinha um coração de sabiá trancado a sete cadeados dentro do peito. E fez questão de esquecer onde guardou as chaves, para ninguém entrar.

Cícero pariu a si mesmo. Desde pequeno, antes de o sol nascer já pegava firme no batente junto com o pai, o velho Amâncio. Aos oito anos tomou o primeiro pileque, com onze, já conhecia a rua e, mal entrou na adolescência, virou arrimo de família.

Carregou um peso bem maior do que as costas podiam suportar, e os sonhos da meninice foram ficando pelo caminho.

Quando completou quinze anos, já ostentava aparência de homem-feito. Logo que chegou aos dezoito, desfez todos os laços que o prendiam naquela vida miúda. Rezou uma prece ao seu santo protetor, pediu maleme, deixou a parentela e pôs o pé na estrada sem deixar vestígios. Daquele fim de mundo onde nasceu e foi criado, Cícero não levou nem a poeira dos pés.

Foi parar na cidade grande, chegou em plena manhã de Carnaval com o dinheiro contado. Tinha a passagem de ida, além da cara e da coragem. Nas primeiras noites dormiu na rua da amargura. Não demorou muito, encontrou trabalho e abrigo nos canteiros de obras.

A rua da Lama ele conheceu junto com os parceiros de labuta. Toda sexta-feira, antes de voltar para casa no desconforto do balanço do trem, era na cachaça e naquele inferno travestido de paraíso que os peões afogavam suas mágoas. Lá maldiziam os seus patrões e deixavam a maior parte do ordenado da semana na mão das meretrizes.

Em busca de aventuras, Cícero logo desertou do caminho da zona e fez do Risca Facas o seu parque de diversões. O ocó sempre chegava no começo da noite, se encostava no balcão, pedia uma cerveja gelada e, antes de beber, derramava logo a primeira dose para o santo que o protegia das ciladas do mundo.

Comia um tira-gosto, colocava meia dúzia de fichas na vitrola, acendia um cigarro e, depois de perder um aqué pesado no caça-níqueis, ia para o banheiro à procura de outros deleites. Lá dentro, nunca precisou fazer esforço para ter prazer. Era raro não ter uma boca disposta a engolir o ocani odara do pedreiro, sempre em ponto de bala.

Não repetia parceiro nem perguntava o nome, por melhor que fosse a foda. Não queria se apegar a ninguém. Saciado o desejo e aliviadas as tensões, o pedreiro se lavava ali na pia mesmo, suspendia rapidamente a cueca, depois a calça. Afivelado o cinto, se admirava no espelho e retornava para o balcão como se nada tivesse acontecido. Tomava a saideira, pendurava a conta e seguia seu rumo.

Casé era de baixa estatura, cheirava a manjericão e alecrim. Apesar da pouca idade, era experimentado pela vida, mas conservava certa candura. Quando criança, ao amanhecer, mal abria os olhos, pulava da cama, colocava-se de joelho, rezava um pai-nosso, uma ave-maria, um credo e uma salve-rainha. Depois, parava em frente ao espelho e se amava.

Tinha orgulho da pele chocolate, do cabelo crespo e da boca carnuda enfeitada de dentes brancos. Aprendeu a rezar e a ter autoestima com Madame Jorgete, a dona da rua da Lama.

Certa feita, ao fechar as portas do Rosa-Choque, a cafetina ouviu um choro abafado. Já de cara limpa, fingiu que não era com ela. Das duas, uma: era efeito ou da carreira de pó barato que havia cheirado, ou da garrafa inteira de conhaque ruim que tinha bebido. Tudo para se anestesiar do frenético entra e sai de tantos homens que, se tivesse escolha, mulher nenhuma desejaria.

Ela era casca-grossa, mas naquele dia estava um trapo. A velha marafona percebia que já tinha passado seu tempo de subir e descer a noite toda as escadas do cabaré iluminado pela luz vermelha e escondido num velho sobrado prestes a ruir.

A vida no prostíbulo nunca lhe fez afago, por isso desaquendou de sonhar. Senhora de si, jamais quis macho que lhe desse guarida, nome e sobrenome, um lar para ser rainha e uma borracha que apagasse seu passado de messalina. Quando chegou na rua da Lama, ainda era menina, fugindo da fome e da escassez. Tinha um ar inocente, mas por dentro era flor despetalada.

Foi barrada sete vezes na porta desse mesmo cabaré do qual um dia se tornaria a mandachuva.

— Volta pra casa, menina. Aqui não entra criança, só mulher! — Era o que ouvia ao ser enxotada pelos alibãs à paisana que davam cobertura ao puteiro. Não se fez de rogada: voltou tempos depois, montada da cabeça aos pés, entrou sorrateiramente no Rosa-Choque e de lá nunca mais saiu.

Jorgina não virou Madame Jorgete da noite para o dia. Era pouco letrada, mas tinha leitura, boa caligrafia e sabia fazer conta de cabeça. Comeu quieta e pelas beiradas e, antes do primeiro programa, escrever cartas aos familiares das companheiras de meretrício que mal assinavam seu próprio nome lhe garantiu os primeiros trocados.

Mesmo com o passar dos anos, Madame Jorgete ainda era viçosa de corpo e aparência, tinha cintura fina e seios tão firmes quanto as mãos que comandavam o cabaré. Já havia perdido o costume das mulheres e, de tanto arrancar as sementes que brotaram em seu ventre-jardim contra a própria vontade, tornou-se terra seca, e nada mais vingou ali.

Todos os dias, antes de tomar seu leito, rezava para Nossa Senhora do Perpétuo Socorro, tecendo um rosário de lamentos e queixas. Depois chorava um rio de lágrimas que molhavam os travesseiros, inundava a alma e mergulhava num sono profundo. Acordava renovada.

Naquele fim de madrugada, quando o sol já ensaiava raiar, a alcoviteira, antes de se recolher, vasculhou cada canto do bordel, apagou as luzes vermelhas e expulsou o último bêbado que ainda zanzava por ali. Acendeu uma vela para seu anjo da guarda, rezou para a santa de devoção, quando novamente ouviu o choro.

Abriu a porta do puteiro e deparou-se com um recém-chegado ao mundo. Passado o baque da surpresa, recebeu a criança como se fosse uma dádiva, um sinal de cura para todas as suas dores. Deu-lhe o nome de Carlos José para homenagear dois amores que a vida não lhe deu licença para viver.

O bebê virou um bibelô nas mãos das moças no bordel, cada uma contribuiu com o que podia para o enxoval do pequeno, e Mané Sentado, que mais parecia ter nascido com o edi pregado na cadeira da portaria da zona, fez um berço improvisado de caixotes de feira. Madame Jorgete fez boca torta, olhou de soslaio, mas aceitou o agrado. Não queria quizila com o fiel escudeiro.

O miúdo estranhou o novo lar e, mesmo passando de colo em colo, chorou por sete dias e sete noites sem parar. A mãe de primeira viagem achou que era quebranto. Ela mesma rezou o filho como aprendera com vó Luzia, conhecedora de mirongas, das coisas de magia, do poder das ervas, e benzedeira de mão-cheia.

A cafetina preparou um banho de descarrego: numa cabaça de água mineral, macerou um ramo de manjericão junto com um de macaçá, outro de alevante e um robusto galho de alecrim. Era noite de lua nova, deixou as ervas maceradas descansando no sereno.

Na manhã seguinte, varreu a casa de ponto a ponto cantando em voz alta:

— Eu varro o que não presta, o que presta Deus vai guardar — Exu firma sua porteira, Oxalá firma seu congá!

Depois soprou pó de pemba na porteira e queimou um bagaço de cana com benjoim, arruda, alfazema e guiné. Defumou todos os cômodos do casebre de dentro para fora e o quartinho que se transformou na morada do menino que ela acolheu. Em silêncio, fez o sinal da cruz na testa do rebento e o banhou da cabeça aos pés.

Vestiu o menino: calça, cueiro, camisa de pagão e paletó branquinhos, lavados com sabão de coco e benzidos com água de flor de laranjeira. Pôs no pescoço dele um patuá que recebera de herança de vó Luzia para trazer sorte e proteção.

Findo o ritual, a chefe do bordel bateu cabeça no congá, firmou promessa no altar, ficou lúcida daquele dia em diante. E, apesar do barulho infernal e dos gemidos das quengas que atravessavam as paredes, Casé encontrou alento e não perdeu uma noite de sono sequer.

Madame Jorgete criou o filho a pão de ló e o moleque cresceu feliz. Casé completou a primeira comunhão e aprendeu a ler da cartilha com a mãe, que desejava fazer dele um cavalheiro distinto na sociedade, quem sabe militar de alta patente ou até mesmo doutor.

Fez questão de fechar os olhos do menino para a dura realidade do meretrício. Mesmo assim, ele, curioso que só, vez ou outra escapava do quarto no meio da madrugada. E observava pelos buracos da fechadura o mundo proibido que a mãe tentava, em vão, esconder.

Anos depois, a velha cafetina nem em sonho desconfiava que, apesar de todo seu esforço, o filho maior e vacinado conhecia cada beco da rua da Lama e andava frequentando o banheirão do Risca Facas.

Cícero e Casé se desejaram desde o primeiro instante, mas o medo de se aproximar do outro era maior que o tesão. Ficavam lado a lado no mictório por horas, na expectativa de quem tomaria a iniciativa primeiro.

Nenhum dos dois ousou avançar a fronteira do velho espelho borrado, pelo qual se encaravam num estranho jogo de sedução. Passaram meses a fio se instigando, até que um dia cederam.

De pé, dentro do minúsculo banheiro do inferninho, fizeram o que quiseram do corpo do outro. As paredes quase vieram abaixo. Antes de Casé, Cícero jamais tinha beijado um homem na boca. Parecia ter nojo, evitava o quanto podia, porém não resistiu àquele lábio que parecia de mel. Fechou os olhos e se permitiu.

Quando enfim provou, gostou do calor do encontro de línguas, das lambidas no mamilo e do arrepio que a boca de Casé provocou na sua nuca. Pela primeira vez na vida, Cícero quis algo além da orgia e das cercas do banheirão.

Do Casé, o pedreiro quis saber de tudo: nome, sobrenome e endereço. Não queria correr o risco de perder de vista o homem que lhe deu de presente um mundo que até então desconhecia.

Naquela noite mal conseguiu dormir, ficou aluado. O coração bateu acelerado e aquecido e, mesmo tateando sobre o que estava sentindo, sem saber bem o que era, suspirava apaixonado. Cícero se transformou. O jeito matuto deu lugar a um homem sensível, amável. Após o batente, tomava banho e se aprontava, perfumado e elegante, para encontrar seu amado.

Casé tinha riso frouxo, achava graça de tudo. Com o tempo, os dois passaram a ter rotina de casal, namoravam num escuro de cinema, passeavam de pedalinho, frequentavam as matinês do circo, comiam pipoca e maçã do amor.

Cícero era sujeito de trato, dono de palavra que não fazia curva. Já sonhava um futuro com Casé, mas antes quis ter com Madame Jorgete e pedir permissão para se casar. A cafetina, avançada em idade, fez gosto do gesto do pedreiro, deu sua bênção aos noivos e consentiu o casamento.

Na hora nona daquela manhã derradeira de outono, de frente para o altar erguido bem no meio das ruínas do que sobrou da rua da Lama, Cícero e Casé disseram sim um ao outro diante dos olhos emocionados das meretrizes e dos frequentadores do bordel. Depois das alianças nos dedos, da jura de amor eterno, do beijo na testa, vieram o inevitável encontro daquelas bocas pretas e o abraço apertado. Lançado o buquê, a chuva de arroz, a música favorita do casal e a dança com o rosto colado.

Depois do brinde, da festa e do sol se despedindo no fim de tarde, a fuga de Cícero e Casé para o refúgio que haviam construído bem longe dali. Depois, a lua de mel sob o céu estrelado.

A luz noturna invadiu o quarto pelas frestas das janelas entreabertas, sem interromper o clima de intimidade entre aqueles dois homens prestes a se entregar. Depois, o encaixe perfeito dos corpos nus, o sexo atravessando a madrugada, o gozo e a exaustão de tanto amor. As roupas espalhadas pelo chão e a vida em comum desejavam boa sorte aos amantes.

Depois, o cotidiano seguindo, as molecagens de Casé roubando gargalhadas do sisudo marido. Os bilhetes de desculpas espalhados na porta da geladeira e os escritos no espelho do banheiro documentavam brigas e reconciliações.

Depois, as férias inesquecíveis com o dinheiro contado, o velho carro enguiçado, o temporal caindo na estrada e eles se amando no caos. Depois, as crianças chegando e os brinquedos espalhados, as cabanas na sala nos dias de chuva e frio, os domingos no parque, os bichos e as plantas disputando lugar na casa apertada.

Depois, os filhos crescidos, o ninho vazio ocupando os espaços, as surpresas da vida se impondo e a repentina passagem de Casé. Depois do luto, a convivência diária de Cícero com a ausência, a mesa e a cama intactas.

O chinelo repousava próximo à poltrona como quem ainda espera pela chegada do dono. Depois, o cachorro rondando a porta da sala na expectativa inútil de ouvir o barulho das chaves, a maçaneta girando e Casé adentrando a casa.

Depois, o tempo passando apressado, as lembranças indo e vindo feito maré enquanto Cícero bordava nas velhas toalhas de banho a saudade de seu homem.

Até que, num fim de tarde de verão, uma forte ventania lhe trouxe um cheiro de manjericão e alecrim que havia muito tempo não sentia. Ao perceber que Casé estava próximo, fechou os olhos. A melancolia parecia ter terminado.

Teve medo de acordar, respirou fundo pela última vez o ar da nostalgia que corroía o peito feito traça. Aos poucos, o coração desacelerava e a mente serenava.

Em lágrimas, Cícero se despediu da viuvez, da vida solitária que vivera até ali, se desprendeu de seu corpo gasto pela velhice e foi reencontrar seu grande amor.

No sigilo

No quarto de final do corredor, o barulho do ventilador de teto não foi capaz de conter os gritos parecidos com os de quem comemora gol em final de campeonato. O ranger do velho colchão de molas também não deu conta; puído e desgastado, ele não era forte o bastante para abafar os gemidos.

Mal suportava o peso dos dois homens prestes a arrebentar a cama.

Nem o filme pornô no volume máximo foi páreo para o fuzuê dos dois. Fichinha, diante do estado de êxtase do casal de amantes.

De bruços, Marvin sentiu a língua molhada de Jotabê lhe percorrendo a nuca. Contraiu-se todo com a lambida quente que invadiu a orelha e, em seguida, desceu lentamente entre as costas largas em relevo, causando-lhe arrepios e dilatando os poros. Urrou de tanto prazer.

Depois de lamber o amante da cabeça aos pés, Jotabê o agarrou pela cintura e, numa virada brusca, ficou cara a cara com Marvin. Aqueles pares de olhos infernais se encaravam, um na intenção do outro, e sem piscar faiscavam de tanto desejo.

No mesmo instante, como quem domina a cena do crime, Jotabê desceu sem pressa, dessa vez beijando o pescoço, inalando e sentindo o gosto do perfume de notas cítricas que por pouco não lhe fechou a garganta. Entre tosses e espirros, lambeu o peitoral, sugou e mordeu levemente cada um dos mamilos, rijos de tanto tesão.

Amarrado à cabeceira da cama, Marvin serpenteava entre os lençóis encardidos, se contorcia a ponto de revirar os olhos. O parceiro percorreu com os lábios a barriga e a linha do umbigo. Jotabê não parou e, chegando na virilha perfumada de suor, deparou-se com uma floresta de pentelhos.

Para seu deleite, ela abrigava um pau duro, vistoso e de veias marcadas, que de tão grosso mal permitia fechar as mãos em volta. Admirado do tesouro que havia encontrado, Jotabê salivou e enfiou-se entre as pernas torneadas como se ali fosse seu esconderijo, enquanto Marvin apertava seu rosto com as coxas.

Num ímpeto, Jotabê acolheu a rola na boca num frenesi que ia da cabeça às bolas, às vezes desenfreado, em outras lentamente, como se apreciasse um doce. De posse daquele território, fez os diabos, e olhava para cima com cara de moleque inocente enquanto Marvin delirava de tanto prazer. Jotabê subiu lentamente e pôs a mão nos lábios do parceiro.

Sem pudor, Marvin devorou com a língua úmida e quente cada um dos cinco dedos que entrava e saía de sua boca, roçando os dentes. Depois Marvin pediu pica e de pronto foi atendido. Jotabê o virou de costas, encapou o pau que latejava e babava. Cuidadoso, beijou levemente o destino que o esperava piscando, como se convidasse a rola para entrar sem mais delongas. Num movimento só, ele o atravessou.

Não demorou muito, dor e prazer se misturaram, e aos poucos aqueles corpos foram se encaixando na mais perfeita sintonia. Se experimentaram de quatro, de lado e de frente, e depois de horas fodendo sem cessar, gozaram em bicas.

Exaustos, largaram-se melados um sobre o outro, marejados de suor e em estado de carne trêmula. Não esboçavam reação a nada, mal conseguiam falar.

Enquanto se refazia daquele auê que lhe roubara as forças e o impedia de ficar de pé, Marvin sussurrou no ouvido de Jotabê:

— Você deveria vir mais vezes...

Jotabê respondeu curto e grosso:

— Já conversamos sobre isso.

Em seguida Jotabê pulou da cama num galope só. Sem se banhar, vestiu-se e, apressado, conferiu o relógio de parede daquela espelunca em que havia se metido mais uma vez.

— Puta que pariu! — esbravejou diante do olhar atônito de Marvin.

A agonia de quem perdeu a hora tomou conta do ambiente, e a tensão tomou o lugar do tesão do amor proibido. Voltaram à vida real e, enquanto Jotabê andava em círculos, sua mente tramava qual seria o equê a ser contado em casa.

Ainda não sabia como, mas precisava justificar o tempo em que esteve incomunicável e enclausurado com o amante. Afastado do mundo e submerso no prazer. De comum acordo com o parceiro, Jotabê saiu primeiro do quarto, para não levantar maiores suspeitas. Antes, deixou um beijo na testa e um "até breve" para Marvin. Em silêncio, ele respondeu um "até nunca mais".

E, logo depois que Jotabê tomou o rumo de casa, justamente no dia em que a aventura dos dois comemorava mais um aniversário secreto, Marvin mergulhou na amargura. Ele, que tanto havia sonhado brindar a data com champanhe caro, caminhos de velas iluminando as rosas vermelhas despetaladas pelo chão e espalhadas pela cama, frustrou-se.

Estava farto daquele amor aprisionado e clandestino, que já durava alguns anos e sobrevivia de promessas nunca cumpridas. Sem sentido e sem direção para prosseguir naquela trama que parecia dar em nada, a criatura demonstrava sinal de cansaço, mas lhe faltava colhão para dizer para Jotabê um "até nunca mais" com todas as letras e em alto e bom som.

Pois, nos últimos encontros, Marvin tinha chegado com o texto de despedida na ponta da língua. Como quem ensaia uma cena de novela, ele o repetia debaixo do chuveiro, palavra por palavra, às vezes misturando as lágrimas com as águas que escorriam pelo seu corpo.

Porém, na hora H ele emudecia diante do homem que sonhava um dia poder chamar de seu. Daquela boca não saía um ai de descontentamento, só os de gemidos de prazer, enquanto trepava alucinado e entregue à ilusão daquele amor viciado.

E, por mais que tentasse, nem forças para maldizer aquela incompreensível relação a mona encontrava. Jotabê o convencia de coisas sobre o amor que lhe roubavam a paz de espírito, e, fraco que era, Marvin não conseguia negar. Estava certo de que jamais cumpriria a tal promessa de fazer daquele encontro que se repetia o último.

Eram demais os perigos e os medos da ruptura. Assim, o "até nunca mais", entalado na garganta de Marvin por tanto tempo, outra vez não duraria mais do que o tal "até breve" que ele tanto odiava, mas ao qual respondia com um silêncio cúmplice.

Daquela orgia de cinema aos urros e sussurros, que havia começado no final de tarde, adentrado a noite e deixado os dois em fadiga, nada tinha sobrado, além das expectativas fracassadas. Depois do flerte com a desilusão, a realidade dava as caras em golpes e bofetadas.

Jotabê, horas mais tarde, já repousava em casa, num canto qualquer da cidade, em outra companhia. Naquele instante, a ressaca moral bateu em Marvin. Ele pernoitava sozinho e à meia-luz entre os lençóis encharcados de porra e cheirando a naftalina.

Outra vez, lá estava a bicha embalada por música de fossa e lágrimas, estas misturadas às secreções que escorriam do nariz feito cascata, percorrendo o rosto. Largado ao deus-dará naquele quarto de motel, mergulhado na solidão até o pescoço, Marvin parecia incapaz de reagir àquele abuso disfarçado de romance.

Ele fingia não perceber, mas o mundo que a mona havia criado desabou sobre a própria cabeça, que havia tempos não sabia mais o que era serenidade. Um completo desatino.

Fodida e caidaça, a mona nem tocou no champanhe bom, deixou a garrafa boiando no gelo que aos poucos ia virando água no balde. Soprou as últimas velas aromáticas que permaneciam acesas e ficou ali, na companhia do maço de cigarro e das doses cavalares de uns pensamentos bem tortos que lhe martelavam a mente.

De coração apertado, a culpa, o arrependimento e a vontade de se libertar daquela vida clandestina se misturavam a um explosivo coquetel que ele bebia num único gole. O drinque, sabor de rancor, desceu queimando goela abaixo e chegou no estômago ainda em brasa, enquanto a cabeça fervia alucinada, cheia de ideias ruins que lhe metiam medo só de pensar.

Estava à flor da pele e, de frente para o espelho, confrontou-se.

Como viveria sem aquele bofe que o conhecia tão bem a ponto de virá-lo do avesso?

Marvin não tinha controle sobre o que sentia, estava entregue ao desejo e, por isso, sem forças e refém de si próprio. Ele jogava o jogo pesado daquilo que se condicionou a chamar de amor. Mas já não era amor. Era outra coisa. Amor não era.

Obedecia às regras feito cão e, como num acordo firmado, mantinha em segredo o que acontecia entre as quatro paredes mofadas de um quarto de motel. Tinha medo de perder o pouco que Jotabê tinha a lhe oferecer.

A possibilidade de aquele macho que o devorava na cama faltar chegava a doer, corroía Marvin inteirinho por dentro. Sentado aos pés da cama, ele já reclamava saudade do homem que o comera de tudo quanto era jeito por horas a fio e, depois de gozar, cruzara apressado — e na encolha — a porta de saída.

Jotabê, apesar da aparente frieza, sentia o coração acelerar, quase saltando pela boca, só de pensar no homem por quem era apaixonado. Ele esperava ansiosamente pela quarta-feira, como uma criança que aguarda o dia do seu aniversário.

No dia que divide a semana bem ao meio, era tiro e queda: perto das seis da tarde, o praça dava uma volta no quarteirão, como quem reconhecia bem o território antes de adentrar. Fazia esse movimento na surdina, cabisbaixo e de boné enterrado na cabeça.

Depois do manjado truque, subia sorrateiramente, e sem olhar para trás, as escadarias do decadente Amadeu, o motel escondido no final da rua do Cruzeiro. Ao chegar no quarto, colocava o telefone no modo avião e se jogava, pelado, na cama.

Pelo espelho borrado, Jotabê apreciava a água quente do chuveiro fazer vapor no vidro do box e correr sobre o corpo preto de Marvin. Tinha tanta pressa que chegava a salivar de tesão com aquela visão separada pela parede de vidro embaçado.

Enquanto esperava pelo amante, o ventilador de teto com fios expostos fazia as vezes de trilha sonora do ambiente. O barulho daquela tranqueira quase despencando abafava os gemidos da orgia que comia solta bem no quarto ao lado.

Naquele momento, Jotabê só tinha olhos para Marvin. Deixava do lado de fora do Amadeu a burocracia do seu ofício, com todo o peso da patente que conquistou com muito suor e estudo.

Pelas horas de prazer que viriam pela frente, largava mão do coturno e da farda que vestia desde os dezoito anos de idade. Fazia questão de se esquecer das palavras de ordem que engolia a seco e dos mandos e desmandos dos superiores que comandavam a caserna onde, nos tempos de recruta, soube pela primeira vez, em segredo, o que era cheiro de macho e o corpo de outro homem.

Durou pouco tempo a broderagem com o soldado Silva, mas, se o alojamento, as capinagens distantes do pátio do quartel, o rancho e o banheiro vazios falassem, gritariam aos quatro cantos do mundo o que eles fizeram longe dos olhos da quartelada.

Revezando-se entre o tesão e a impaciência com o banho demorado de Marvin, Jotabê fechou os olhos e apagou da memória, ainda que apenas pelas horas seguintes, a imagem de Isabel. Nem em pensamento queria se lembrar das responsabilidades de marido, juradas ao pé do altar, para com aquela mulher de virtude e oração, a namorada de infância com quem se casara, sob pressão da congregação, aos vinte e poucos anos.

Jotabê não desejava crescer nem multiplicar. Parecia suficiente ter contraído o sagrado matrimônio para não padecer do pecado da fornicação e assim tentar esconder, da igreja em que nasceu e foi criado, quem de fato era na intimidade.

Os espinhos cravados na carne lhe negavam descanso.

O casamento de fachada não lhe trouxe a paz com que tanto sonhava. Apesar das bodas de estanho, Jotabê ainda enfrentava guerras diárias contra seus próprios desejos, o seu inferno particular.

Atribulado, incapaz de dominar o que não tem domínio, ele esperava o Juízo Final e o castigo para sua iniquidade e considerava-se o mais miserável dos homens, indigno da misericórdia divina. O militar era vaso de barro, mas não podia quebrar nem demonstrar suas fragilidades. Por isso, suportava em silêncio, e sem dividir com ninguém, demandas que nem eram dele.

Jotabê não escolheu ser o primogênito nem o único filho homem. E nunca lhe perguntaram se aceitaria se tornar o cabeça da congregação. Cresceu ouvindo da boca dos mais velhos que, quando alcançasse a estatura de varão perfeito, seria sua vez de abraçar a missão e, assim como o pai e o avô, conduzir o rebanho até o arrebatamento.

Quando caiu em si, ocupava o púlpito nas manhãs e noites de domingo, tinha incumbências de presbitério e muitas vidas para dar conta, enquanto sua própria vida era só desgoverno e caos.

Se Jotabê pudesse, não teria decidido carregar na certidão de nascimento e na carteira de identidade o nome de João Batista. Era muito pesado ter o nome do santo apóstolo que batizou o pai, o avô e até o bisavô que partiu cedo para Aruanda e de quem o militar, desde menino, sempre ouviu falar.

Dizem as bocas de ladeira que João Batista era também o nome de um irmão de Jotabê perdido pelo mundo, que seu João Batista, o pai, teve com Rita, a mulher de cabaré com quem se amasiou nas andanças pelas estradas. Maria Celeste, a esposa recatada de seu João Batista e mãe de Jotabê, jamais soube da existência do rebento, nascido e criado na boleia do caminhão do finado marido.

Para manter de pé o castelo de areia em que se meteu, Jotabê se equilibrava entre as crises de consciência e as mentiras que contava toda semana em casa para justificar o sumiço das quartas-feiras. Uma hora era o futebol, em outra, a cerveja com os parceiros de quartel, ou então o plantão extra que não rendia um puto sequer no soldo dele no final do mês.

Diferentemente do amante, Marvin não tinha uma sombra sequer a quem dar satisfação dos seus passos pela vida e, sem mistério ou discrição alguma, desfilava seu desejo aberto e escancarado para quem quisesse ver.

Era bicho solto. Até conhecer Jotabê, a vida a dois lhe dava tédio.

Jamais soube ao certo quantas bocas beijou, quantos bofes teve ao seu dispor e quantas camas frequentou. Nervosa, Marvin era daquelas que trocava de homem como quem muda de roupa, e a crise de consciência passava longe daquela cabeça que só pensava em foder.

Possuiu tantos corpos e corações que perdeu a conta das vezes em que se apaixonou subitamente por alguém. Do mesmo jeito, perdeu de vista os tantos momentos em que, depois de jurar amor, se desapaixonou e sumiu, sem deixar vestígios.

E, passado um tempo, ressurgia como se nada tivesse acontecido, com ar de homem carente, do tipo que precisa encontrar abrigo nos braços de alguém depois de ter caído no mundo.

A bicha era fervida, habitué de saunas gays e dos inferninhos da cidade. Conhecia todos os pontos de pegação possíveis e imagináveis, roçava em tudo que era muro e trocava o dia pela noite por causa da orgia.

A bilu era movida à adrenalina de ser surpreendida a qualquer instante naquele constante fervo de pau com bunda, trepando sabe-se Deus com quem na insegurança dos becos escuros e terrenos abandonados do bairro.

Com essa ficha corrida, nem em seu maior desatino Marvin concebeu que uma foda sem compromisso com um tal de @nosigilo, o codinome de Jotabê num aplicativo de pegação, o deixaria de quatro, pagando paixão para o boy de farda.

Ele, tão acostumado a seduzir, mudou da água para o vinho. De repente achou graça no amor, e o que desejava de Jotabê tornou-se maior do que o final de tarde das quartas-feiras secretas.

Com o passar do tempo, fantasiava com uma vida de casal e sonhava revelar ao mundo, feito manchete de jornal, o que para os dois era segredo. APAIXONADO, agora ele queria contar para todos, em cartazes colados nos postes e nos muros pichados do bairro, quem era o seu par.

As loucuras da vida a dois da noite anterior, antes confinadas ao silêncio do quarto, seriam dali em diante as novidades da manhã seguinte, no que dependesse dele. Para Marvin, ter o que contar causaria rebuliço e inveja e, assim, quebraria a gastura do próprio cotidiano.

Enfrentando todos os dias o transporte lotado, o cansaço do expediente em pé, a agonia das mãos doloridas de tantas escovas que fazia debaixo da quentura e do barulho insuportável do secador de cabelo, Marvin precisava de um refresco para sobreviver. Nem era quarta-feira, mas, nos intervalos depois do café, de um cigarro e outro fumados escondido de Jotabê e disfarçado com drops de menta extraforte, a mona nutria a falsa esperança de uma mensagem aleatória do boy no celular.

A quimera foi fincando raízes profundas e tomando espaço no coração de Marvin, que, feito moço casadoiro e solitário, ia aos poucos se descolando da realidade em que ele e Jotabê viviam. Enamorado, o cabeleireiro sonhava com casamento no civil e no religioso. Tudo nos trinques e conforme manda o figurino, pois queria ostentar aliança vistosa no dedo da mão esquerda e assinar o sobrenome do marido. Achava chique.

Planejava na mente, e com riqueza de detalhes, como seria o terno que ele e seu noivo vestiriam no grande dia, projetava o lugar do enlace, a mesa do bolo confeitado com o recheio favorito de Jotabê e rodeado de muitos doces finos e bem-casados. Na pausa entre um penteado e outro, folheando as velhas revistas do salão, Marvin montava o enxoval imaginário diante do olhar de deboche das manicures e escolhia os móveis da casa combinando cores com minúcia e bom gosto.

Nos cadernos de turismo, selecionou a dedo o destino seu e do marido para as núpcias. Depois da lua de mel em lugar de cartão-postal, esperava enfim experimentar as coisas mais simples da rotina de casal, dançar de rosto colado a trilha sonora dos dois, ir à matinê de sábado assistir ao filme do cartaz e sair do cinema antes de o sol se pôr.

Fazia questão de terminar a tarde de mãos dadas com seu amor à beira-mar e depois tinha gosto em registrar aquela intimidade em fotos, bebendo água de coco.

Se preciso fosse, Marvin renunciaria ao ócio dominical só para demonstrar cuidado com o seu homem. Por ele, Jotabê andaria sempre de cabelo alinhado, cortado com máquina e pé feito na navalha, de farda passada e coturnos impecavelmente engraxados por ele.

Queria dormir junto, acordar abraçado e espremer com calma os cravos que se multiplicavam nas costas do marido. Sonhava celebrar bodas e alguma vez na vida montar árvore de Natal. E, logo após a ceia, trocar presentes; assim como, no réveillon, ver, da janela de casa e ao lado de Jotabê, o novo ano chegar, com fogos enfeitando o céu.

Qual nada! gritava o íntimo de Marvin, enquanto ele fingia não ouvir.

Sonhava sozinho, sonhava em vão! Sabia que nada daquilo teria. A única opção seria partir de vez, mas jamais teve coragem para desfazer os laços que o prendiam naquela relação. Estava completamente enredado, acostumado àquela vida tacanha.

Então, na quarta-feira seguinte, o mesmo ritual que já se arrastava por quase dez anos. Como era de costume, a página parecia estar virada, e a dignidade, esquecida em algum fundo de gaveta. Lá estava Marvin novamente, disponível e sem-vergonha para Jotabê.

Maré

O barco quase virou e até mesmo quem era do mar chorou. Menos o Da Guia. Depois de meses à deriva, ele resistiu valente às fortes ondas daquele oceano em fúria.

Assim que chegou a terra firme, antes de retomar a vida clandestina, submersa por tantos segredos, o marujo se ajoelhou, olhou para o céu, segurou bem forte os fios de conta que trazia no pescoço e, incrédulo, beijou o chão.

Não foi à Pedra do Sal, como de costume. Sempre que chegava de viagem, ia se aconselhar com Divina de Oxum, uma mãe de santo de muito respeito na região.

A sacerdotisa era de uma linhagem de parteiras e tinha perdido a conta de quantas crianças ajudou a colocar no mundo, inclusive o próprio Da Guia. A casa dela no largo de São Francisco da Prainha era um ponto de encontro de quem gosta de samba, comida boa e macumba.

Até o finado padre Augusto, quem diria, dava expediente por lá. A indaca dele com a líder espiritual era puro equê. Os dois eram íntimos do tipo unha e carne, dividiam segredos e bem longe de quem se alimentava do ejó; o religioso não dava um passo na vida sem antes consultar os búzios da baiana. E o xinxim de galinha preparado pela ialorixá, ele devorava de olhos fechados, gemendo.

Dizem os mais antigos que o sacerdote também fumava charuto, jogava baralho, conhecia a boemia e as esquinas da Lapa. Era conselheiro de malandro, protetor de trabalhador, amigo de damas da sociedade, frequentador de cabaré e confidente de meretrizes.

O santo padre era livre demais, amava as coisas do Reino dos Céus, mas não renunciava aos prazeres mundanos. Suas estripulias não cabiam na batina que usava, no terço que carregava nas mãos e no escapulário que trazia no peito. Nem em sonho a libertinagem do pároco podia cair na boca do povo, muito menos chegar aos ouvidos das beatas endinheiradas da sacristia.

Ao cair da noite, o chefe da paróquia chegava na surdina ao candomblé de Mãe Divina, trajando preto, de bengala, capa e cartola. Numa dessas idas à curimba, o sacerdote bolou no santo e saiu lá do terreiro um mês depois, raspado, catulado e adoxado no Logunedé.

Já o marinheiro Da Guia, ogã suspenso de Ogum, não apareceu no terreiro para tomar a bênção da matriarca que havia anos zelava pelo ori dele. Preferiu ir direto para a igreja de São Jorge, ali no Campo de Santana.

Sentou-se na primeira fileira, assistiu à missa do fim da tarde e agradeceu ao santo guerreiro pela graça de ter sobrevivido ao maremoto. Atribulado, pediu forças para suportar as demandas que viriam pela frente. Com tantos segredos revelados após desaparecer no mar, pela primeira vez ele estava sem máscaras, com as vísceras expostas e nu diante do mundo que o recebia de volta.

A aflição de Da Guia tinha nome: Eloá Batista, a ex-passista furacão que arrastava tudo o que via pela frente quando sambava na quadra de chão batido da Acadêmicos do Sufoco.

Por amor ao marinheiro, a musa travesti abandonou os requebros, se despediu dos minúsculos biquínis de paetê e aposentou as sandálias de prata, para se transformar numa pacata mulher de casa, cama, mesa e fogão.

Quando a saudade visitou o coração enlutado de Eloá, ela se agarrou ao terno de linho branco do marido, que ela acreditava ter morrido, e encontrou num dos bolsos do paletó um bilhete apaixonado de uma tal de Marion.

O sangue ferveu. Já passava das quatro da manhã e a viúva estava a ponto de explodir. Andava de um lado para o outro, lançando malquerenças e desaforos ao defunto infiel.

Bebeu uma garrafa inteira de gim e ensaiava beber a segunda, tinha devorado três maços de cigarro e, mãos trêmulas, mal conseguia segurar o isqueiro, em vão tentava acender o último.

Não pregou os olhos. Parou em frente ao espelho e não suportou ficar muito tempo diante daquela imagem triste, que o passar dos anos parecia ter desabado em ruína. Estava acabada. Logo o dia amanheceu, foi tirar satisfações com a fulana que ousou atravessar seu caminho.

Matriz e filial ficaram cara a cara. Teve dedo em riste, empurrão de lá e de cá, uma rasgando a roupa da outra e pronto: o bafão estava formado. O pau comeu, a radiopatrulha chegou, os alibãs tiveram que intervir. Deram três tiros para o alto para apartar a briga e esfriar os ânimos das duas valentonas. A plateia dos botecos se dispersou, a rua esvaziou e as fofoqueiras de plantão fecharam suas janelas.

Deu empate na briga, mas Marion, enquanto ajeitava a lace chanel preta arrancada por Eloá, não deitou para a rival. A criatura, desaforada que só, pôs as mãos nas cadeiras e fez a maldita:

— Ô amapoa de canudo, vê se tu reconheces isso: "Nega, cada vez que chegas faceira, já sei que serás minha a noite inteira...".

Algo pareceu familiar para a esposa corneada: eram os versos cantarolados por Da Guia enquanto ela o enfiava bêbado debaixo do chuveiro, com roupa e tudo. Era assim, cambaleando, que ele costumava voltar das rodas de samba, com o sol da manhã já queimando.

Calada, Eloá suportou a gongada de Marion, mãe de três meninos do Da Guia e, diziam as bocas de sandália da vizinhança, ainda carregando mais um na barriga. Enquanto se refazia da humilhação que abalou seus alicerces, ela recolhia os poucos cacos que sobraram de si e refletia: e eu também não sou uma mulher? E eu também não posso ser uma mulher? Não mereço por acaso viver o amor?

Por anos a mona se alimentou de migalhas e de ilusões só para ter o amor do homem que acreditava ter perdido, tragado pelas ondas do mar. Era uma lady, dama de fino trato, mas se permitiu diminuir de tamanho para caber no mundo que Da Guia tinha a oferecer. Coisas da vida.

Eloá queria se libertar da escuridão da noite e das quatro paredes que faziam do casamento que eles viviam um segredo para o mundo. Sonhava em ser cortejada em pleno clarão do dia e, quem sabe, ser coroada a rainha do coração daquele que mais parecia ser seu dono.

Na intimidade, o mesmo ritual: depois de tanto vagar sem rumo pelos bares da vida, o marujo enfim encontrava o rumo de casa e chegava exalando marafo, nicotina e perfume barato. Entrava no quarto tomado de um furor que o levava a possuir, com força bruta e nenhuma dose de afeto, aquela mulher que só desejava ser amada.

Roçava-lhe a nuca com a barba por fazer, lambia o pescoço e chupava os seios da esposa com imenso ardor, como se fosse arrancar pedaço. Petrificada, sem som e sem imagem, jogada naquela cama, ela se contorcia de prazer e de dor. E o marido repousava farto, melado e adormecido num sono profundo ao seu lado.

Da Guia parecia não demonstrar nenhum interesse em dar prazer à companheira. A boca, o hemisfério sul e as curvas do corpo de Eloá, ele jamais conheceu.

Tomada por desencanto, Eloá reduziu a cinzas a memória de tudo o que viveu dentro daquela casa de cômodos bem no alto da Ladeira do Sufoco. Queimou cada peça de roupa do companheiro que ainda ocupava espaço no armário.

Na manhã seguinte, fez as trouxas. Levou dentro de si o pouco de dignidade que ainda lhe restava, cruzou a porta da frente de cabeça erguida e coração aberto, jogou a cópia da chave por debaixo da soleira e, sem olhar para trás, partiu.

Quando Da Guia voltou, a casa em que ele morava com a esposa cheirava a mofo e bolor. Apesar de abandonado à própria sorte e desolado com a terra arrasada que seus olhos viram, engoliu a seco o choro e o orgulho de macho por causa do pé na bunda que levou.

Envergonhado, recolheu-se por semanas ao silêncio e à solidão do casebre em que vivia. Da Guia mergulhou num sono profundo. Até o dia em que dona Engrácia resolveu dar as caras por lá. Ela era chegada em Eloá, mas nunca morreu de amores pelo marujo. E, quando soube pelas indacas de afofô que o sujeito estava vivo, subiu a Ladeira do Sufoco numa gira só. Foi conferir com os próprios olhos, queria ter certeza daquele larim tumultuado. Ainda.

Depois de tanto tempo plantada de mãos nas cadeiras feito bule enferrujado no portão do morto-vivo devolvido pelas águas do mar, a fofoqueira dispensou cerimônias. Mesmo sem ser convidada por Da Guia, meteu o pé na porta e se aboletou casa adentro, cheia de decisão. A fiscal da vida alheia chegou troncha e esbaforida, suando em bicas e falando pelos cotovelos.

E pôs-se a reclamar de tudo: do valor da aposentadoria, que mal cobria as despesas de casa, do alto preço da feira, do calor infernal fora de época e da subida da colina. Também se queixou da artrite, dos problemas de coluna e dos joelhos sofridos que sustentavam aquele corpo preto e gordo. Queixume era com ela, a rainha da amargura.

Mulher de tempos idos, tinha, porém, muita lenha ainda para queimar. A língua ferina mal cabia na boca. Conservava tanta lucidez naquela cabeça grisalha que a morte nem ousava importunar a velha senhora.

Engrácia enterrou quatro maridos e um punhado de amantes. O pobre do Silas, quinto homem com quem ela dividia o teto, estava bastante carcomido pela vida. Seu corpo franzino parecia anunciar despedida a qualquer hora, mal se aguentava de pé e já pedia terra. Arrego forte.

Como se fosse a dona do recinto, a ejoína vasculhou cada canto da caxanga do marujo e se zangou da sujeira, das roupas jogadas e das toalhas molhadas e acumuladas no velho sofá. Da Guia assistia de braços cruzados àquela ousadia sem tamanho.

Engrácia abriu a geladeira:

— Minha Nossa Senhora! Parece que tem defunto aqui dentro! Falando em defunto, tu sabes quem morreu? — ela indagou enquanto prendia a respiração para não sentir a catinga que se espalhava.

— Não — respondeu Da Guia, sem paciência e doido para ver a mexeriqueira pelas costas.

— A Lene...

— Que Lene, dona Engrácia?

— A Lene, menino! Prima de Zulmira, cunhada da Ione e da Laudelina, mãe da Norminha, que é nora da Regininha Trambique, ex-passista da Sufoco e amiga da tia Tetê que desfilava escondida do seu Dodô na ala do teu avô Firmino lá no Prazeres da Vila. Lembrou?

— Não — disse, bufando, prestes a expulsar a entrona.

— Essa rapaziada de hoje anda tudo de memória curta. Você deve estar fumando muito desse cigarrinho fedorento, que além de empestear a casa te deixa lerdo demais, e aí tu esqueces tudo. Aliás...

— Dona Engrácia, chega! Silêncio!

Da Guia interrompeu a tagarela já apontando a porta de saída.

— Não está mais aqui quem falou. — A velha saiu pisando forte, resmungando e cantando a pedra.

— A Eloá vai ao gurufim da Lene.

Aquilo foi música para os ouvidos de Da Guia. O marinheiro tomou um banho demorado e, do que sobrou do fogo, vestiu a primeira peça que encontrou, passou o pente no cabelo e rumou para o velório.

Subiu a colina afobado. Da esquina era possível sentir o cheiro do feijão carregado no tempero, feito pela comadre Enedina, e ouvir o batuque em homenagem à morta.

A defunta anfitriã repousava de peruca e batom no caixão coberto com a bandeira de sua agremiação do coração. Parecia dormir, de tão feliz que estava com todos os festejos de sua despedida.

A madrugada varou, Eloá Batista chegou ao velório. Foi uma entrada nada menos que triunfal: tinha feito as pazes com o espelho, estava formosa de aparência e de semblante. Sabia-se bonita. Discreta no vestir, porém exuberante como nos tempos de vedete, trajava um vestido preto que revelava a cintura de pilão.

Deu de cara com o ex-marido. Tentou dar meia-volta, mas não conseguiu. Decidiu tomar uma fresca na varanda para se refazer da surpresa desagradável, e o embuste foi atrás. Da Guia mais parecia um cachorro caído da mudança à procura de sua dona. Aproximou-se de Eloá meio acanhado e, como não sabia o que fazer, puxou conversa. Ela fez a enjoada com o bofe.

Ainda estava ferida com a traição, mas sentia falta do cretino. Respirou fundo e, quando ia dizer algo, Da Guia lhe roubou um beijo meio torto. Tentou evitar, mas já era tarde: estava de novo refém daquele homem.

Num ímpeto, Eloá se soltou dos braços vadios do sujeito e o fez ajoelhar-se diante dela e jurar fidelidade. Mesmo sabendo que não seria capaz de cumprir o acordo, o marujo jurou de pés juntos e por tudo que é santo. Saíram dali rumo ao antigo ninho de amor do casal.

Entraram se despindo e se amando para o despeito das candinhas, que assistiam de suas janelas, escandalizadas, àqueles dois desavergonhados se dando ao melhor desfrute.

— Quanta safadeza! — gritava a fofoqueira da Marinelza.

Confinado desde que emergiu das águas salgadas, Da Guia silencia o despertador aos murros, depois de interromper mais um sonho com Eloá. A luz do sol invade o quarto pelas frestas, ele mal conseguiu abrir os olhos, ainda pesados de sono.

Cansado, hesita em se levantar da cama, que, feito roupa velha e bem amaciada, parece ter tomado a forma do corpo dele. Já faz tempo que nenhum espírito de novidade ronda aquela casa, sucumbindo aos escombros e quase desabando na cabeça de seu dono.

A espaçosa da Engrácia nunca pôs os pés lá e, depois que enterrou o Silas, anda de sassarico caliente com seu Agenor, um português viúvo, homem de posses, dono da mercearia e de muitas casas de cômodos na favela. A Lene está viva, quase centenária, e continua causando inveja nos mais novos devido à sua muita disposição. Velha guarda sempre viva.

Passa horas a fio bordando, sem óculos, paetê por paetê, lantejoula por lantejoula e canutilho por canutilho dourado de sua fantasia. Vai desfilar como porta-estandarte da Acadêmicos do Sufoco no próximo Carnaval.

Reza a lenda que a fogosa Marion renunciou aos prazeres da carne. A periguete agora convertida vive de jejum e oração desde que baixou às santificadas águas do batismo. Cansou da orgia, fez votos de castidade e agora bate de porta em porta pregando salvação aos que ainda vivem na perdição.

Eloá Batista se reencantou com o amor. Depois de renascer das cinzas, descobriu que amar e ser amada também é coisa para travesti. Enamorada de si e dona do próprio caminho, ela segue livre mundo afora, feito maré e curso de rio sem fim.

Minha estranha loucura

Parece que se conheceram há três anos num inferninho gay do Baixo Lapa. O dia já estava clareando, e a dona da casa baixava as portas com a cara amarrada, colocando as cadeiras em cima da mesa, jogando água nos pés e expulsando geral. Leonardo, baiano de vinte e poucos anos, recém-chegado ao Rio para estudar História na PUC. Pedro, carioca vida louca, comedor de tudo que a boca e o resto do corpo comem, bom de porrada, desenrolo e cama.

Dali, os dois foram parar no Arpoador e levaram uma dura da polícia logo de cara. Depois aplaudiram o nascer do dia, nadaram pelados, puxaram um baseado, trocaram uma ideia. A primeira foda frenética rolou ali mesmo entre as pedras, tendo o sol quente de testemunha.

Uma semana depois, estavam morando juntos.

Dia desses, Leonardo acordou no meio da madrugada na maior paudurência. E não era tesão de mijo, era tanta vontade de foder que o pau do baiano chegava a vergar, trincar inteiro dentro da cueca.

Virou para o outro lado da cama, procurou o corpo do companheiro com os braços e as pernas: como de costume, e nada. Deu um pulo da cama e ligou para o celular do Pedro: “O número para o qual você ligou encontra-se fora da área de cobertura ou desligado. Por favor, tente mais tarde”. Não tocou, caiu direto na caixa postal.

Leonardo mandou mensagem pelo WhatsApp. Pedro não visualizou nem respondeu.

“Filho da puta!”, pensou.

Em seguida, se deu conta de que o celular dele estava em cima da mesa. Pedro deve ter saído com tanta pressa que se esqueceu de levar, deixando sem pistas o lugar do perdido e do barraco que Leo iria armar quando chegasse e pegasse o negão na infração. Fato.

Mal se vestiu, nem sequer esperou o elevador. Foi de escada mesmo, feito louca, catando cavaco escada abaixo. Quase torceu o pé.

Desceu a rua São Carlos feito flecha a caminho do alvo, meio manco e disfarçando a dor, rumo à Lapa, atrás do marido. Perguntou para um, perguntou para outro, caçou em tudo quanto era esquina.

Vasculhou cada pé-sujo, voltou ao inferninho onde trocaram os primeiros beijos, deram os primeiros tapas e muitas vezes saíram no braço por causa de ciúmes. Numa dessas ocasiões mais encaloradas de enrosco e violência, baixou até polícia.

Leonardo seguiu na caçada, virado no catiço e violento feito bala perdida, procurando o bofe nas rodas de samba com sangue nos olhos. E nada de se deparar com o bandido.

Enfiou-se numa daquelas cabeças de porco da rua do Lavradio, e até no Cine Íris atrás do desgraçado ele foi. Por ali, já fazia tempos que Pedro Porrada — como o valentão era conhecido no reduto — não dava as caras. O brigão estava pedido na área.

Da última vez em que lá esteve, comeu uma bicha velha no cacete porque a cacura meteu a mão na mala do crioulo sem o devido consentimento no mictório. Entrou ligeiro na porrada.

A maricona saiu de lá moída e com a cara toda amarrotada. Nem ferro de passar dava jeito no estrago que o negão fez. Só não deu queixa na delegacia porque não podia revelar a vida dupla. Quando não estava manjando rola no escurinho do cinema no fim de tarde, era um pacato chefe de família, pai e avô exemplar. Macho acima de qualquer suspeita. Família acima de tudo.

Não satisfeito com o festival de pancadaria que comandou no banheiro do Íris, na saída Pedro desancou a vendedora de bala porque ela não tinha troco para cinquenta reais nem permitiu que ele deixasse na pendura a pastilha que chupou. Sua fama era de caloteiro, afinal.

Ficou bolado, cuspiu longe a bala e, com uma pesada, botou abaixo o tabuleiro da camelô. Voou doce para tudo quanto era lado, um bafão. O machão teve que sair correndo de lá para não tomar um sacode da rapaziada que faz a segurança da rua da Carioca.

Leonardo foi depois procurar no Arpoador. Tinha esperança de que encontraria o marido fujão naquelas bandas.

Meses antes, o baiano tinha expulsado Pedro de casa depois de descobrir mais uma do vacilão. Não aguentou ficar nem vinte e quatro horas longe do negão.

Os vizinhos tiveram que aturar a noite inteira, em volume máximo: "Faz uma loucura por mim". Leonardo estava tão saudoso do boy que não esperou nem ele pedir para voltar.

Depois de alguns cinco a um e uma puta câimbra nas mãos, foi buscar Pedro de volta. Leo sabia para onde o cara ia quando queria pensar na vida e nas merdas que aprontava. Pegou o 415 no largo do Estácio, partiu para a Zona Sul e não deu outra: foi dar de cara com o marido na orla. Iniciou um bate-boca e logo baixaram a bola, porque a polícia estava na área. Como a encrenca sentimental já era o suficiente para os dois, entraram no busão e não trocaram uma palavra sequer até chegar em casa. Já entraram se atracando, largando as roupas pelo caminho.

— É com você que eu vou ficar, eu te amo, desgraça! — disse Leo antes de mais um beijo e de uma foda daquelas. Fizeram as pazes e voltaram aos bons tempos.

Até a próxima baixaria. Não demoraria muito para que Pedro comesse Leonardo no cacete de novo. Os dois gostavam de levar essa vida variada, com seus altos e baixos. Ali, viver entre tapas e beijos era o combustível. Era só riscar o fósforo.

Voltou ao Arpoador, tomou uma dura na polícia. Dessa vez Leonardo não teve a mesma sorte. Nem sinal do marido.

Pedro já tinha dado vários perdidos em Leo, mas nada se comparava com o sumiço de agora. O ocó cansou de sair na sexta-feira de Carnaval e só aparecer em casa na Quarta-Feira de Cinzas como se nada tivesse acontecido. Rotina enervante, previsível e detonadora das crises do casal.

Como castigo, não sabia durante semanas o que era a cama do baiano. Tinha que se contentar com o sofá e o belo par de chifres que tomou para ficar esperto na parada. Andou na linha até chegar o próximo Carnaval. Sumiu na sexta-feira. Tinha saído para desfilar no Escravos da Mauá e só voltou para casa na pontinha do pé, igual bailarina, no raiar da quarta-feira.

Mal abriu a porta, entrando feito gato, foi recebido com um prato que Leo varou no quengo do malandro. Baixou na emergência do Souza Aguiar ainda não tinha dado nem meio-dia. Corte na testa. O sangue escorria sobre o olho.

Enquanto esperava na fila do atendimento, passou a tarde inteira vendo a apuração das escolas de samba e um monte de gente chegando baleada, esfaqueada, e até um homem capado pela própria mulher deu as caras ali.

O comédia tinha descido a mão na cara da patroa bem no meio do bloco Boneca Deslumbrada de Olaria. A nega Leonor não fez por menos: deixou o machão dormir e cortou a valentia dele pelo talo. Não se tem notícia do que foi feito com o pau e o saco decepados do valentão.

Fim de apuração. Unidos da Tijuca e Paraíso do Tuiuti rebaixadas, a Portela conquistou o vigésimo terceiro campeonato depois de quarenta e sete anos sem levantar o caneco, e Pedro, mangueirense doente, levou uns dez pontos na fuça.

Com a cara remendada, sossegou o facho dentro de casa por um tempo. Mas, não demorou muito, foi ali na esquina comprar um maço de cigarros, retornou uma semana depois na maior cara dura e mandando aquele caô sinistro para o marido.

Leo fingiu que acreditou para não perder o marido de vista de novo.

Certa feita, Pedro entrou de gaiato numa confusão na Lapa. Seu Zé Pelintra já tinha cantado a pedra semanas antes. Aconselhou ao crioulo dar um tempo da noite.

Tinhoso, ousou desobedecer o protetor da malandragem. Pagou para ver e se fodeu com todas as cores do arco-íris e mais algumas. Não deu outra: os homens chegaram, os brigões meteram o pé e o otário do Pedro pela primeira vez na vida nada tinha a ver com o rolo. Foi convidado a dar um rolé de camburão.

Levou um sapeca iaiá daqueles, puxou uma semana de cana e ainda estaria lá até hoje se o Leonardo não tivesse zerado a poupança para quitar a fiança do marido.

Era isso ou não tinha jogo. Simplão assim. Sem mais.

Dessa vez, nem preso o negão estava. Leonardo correu as sete freguesias, foi a tudo quanto é delegacia, e nenhum rastro do marido brigão.

Voltou para casa gongada. Depois de mamar um litro e meio de catuaba e ouvir "Menino sem juízo" pela enésima vez, deu uma porrada no espelho.

Ele jurava ter visto Pedro sorrindo, suado e sem camisa, bem sacana, na frente dele. Antes fosse o negão, mas de real ali só mesmo o sangue que não acabava mais, vazando pela mão de Leo, escorrendo entre os dedos.

Estancou a hemorragia e o porre. E tome mais Alcione, respingos de sangue nos botões, na caixa de som e no braço da vitrola.

E tome mais uma garrafa inteira de uma pinga safada, daquela bem vagabunda, que descansava no fundo da despensa da bicha.

Nem para despacho aquilo tinha serventia. Era uma aguardente de quinta, do tipo que desce queimando, feito Diabo Verde misturado com inseticida, capaz de lascar a goela, o estômago, a porra do fígado. Até chegar cheia de estrago na alma.

Acordou de ressaca, toda sacaneada, no dia seguinte e decidiu ir à macumba. Desde que viera da Bahia para o Rio de Janeiro, não comparecia numa curimba nem batia cabeça no congá.

Dona Maria Padilha tinha acabado de chegar na Terra depois do ponto puxado pelos filhos de santo do terreiro:

Chegou, chegou
A dona da casa chegou
Pra ser rainha não é só sentar no trono
Pra ser rainha tem que saber governar.

— Boa noite! É por causa da perna de calça que o moço veio, não é? O que o moço está buscando, aqui não vai encontrar. Tem coisa que não tem resposta, moço. E digo mais: mesmo se o moço me deixasse formosa do coroado aos pés, me desse um boi, muito achampanhado para beber, fumador e ouro em pó, eu, Maria Padilha do Cruzeiro das Almas, não ia abrir esse caminho para o moço.

Isso tudo disse a Pombajira para Leonardo, com o dedo em riste.

— Dói, dói, dói, dói... Um amor faz sofrer, desamor faz chorar. Quem é você pra deitar na minha cama? Papagaio come milho, periquito leva a fama — cantava a entidade para o baiano enquanto gargalhava e se requebrava toda, com as mãos e a ponta da saia presas na cintura.

Recado dado. Leo voltou à estaca zero, xoxado. Decidiu se matar, e só não tomou chumbinho nem cortou os pulsos porque Vasti — a travesti — chegou bem a tempo de jogar longe o veneno de rato que ele ia mandar goela abaixo. Espanou a cara do viado passional com meia dúzia de tabefes muito bem dados:

— Você está louca, mona? — gritou a travesti, enfiada num vestido pele de onça dois números menor que o dela. De cabelos louros de farmácia, os seios fartos e meio tortos por causa do silicone industrial que quase saltavam do decote, Vasti era dona de uma capivara recheada e caudalosa capaz de dar voltas nos quarteirões do largo do Estácio.

Nem bem amanheceu o dia, os dois foram parar num retetéu lá nas bandas de Santa Cruz. Foram atrás de um milagroso pastor. Depois do trem, de uma kombi, um mototáxi, uma longa caminhada e de passar por uns quinze traficantes armados de fuzil, pistola e granadas, enfim avistaram o templo.

— Esse lugar é babado, viado! Unção pura! Já vi cego enxergando, aleijado andando, surdo falando.

Isso tudo disse a travesti, agora uma senhora convertida, para o espanto e a desconfiança de Leonardo.

"Se não fizer bem, mal também não vai fazer", pensou o baiano.

— Até para a reunião das senhoras da igreja eu fui chamada, acredita, mona? — gabou-se, cheia de deboches, a travesti truqueira enquanto tascava um batom vermelho no beiço carnudo, todo trabalhado num botox de qualidade bem duvidosa.

Chegaram ao culto. Parecia tudo, menos igreja. Era macumba legítima: tinha defumador, galhadas de arruda e guiné, sessão de descarrego, um monte de irmã vestida de branco rodopiando ao som do atabaque.

Só faltavam os guias descerem para consulta.

A igreja cantava:

Jesus, cavalheiro do céu!
Nunca perde a peleja num campo de batalha!
Divisa de fogo, varão de guerra

Ele chegou na Terra, ele chegou para guerrear!
Desce do Alto, desce o poder!
Quem estiver ligado vai receber!

Qualquer distraído que passasse na porta da congregação ia acreditar que a curimba estava comendo solta no recinto. Leo já entrou mandando um ogunhê, "Saravá, salve o seu Ogum", e tomou logo um carão da Irmã Aleluia, uma ex-beberrona, ex--piranha, ex-rainha do baile na favela, ex-viúva de meia dúzia de donos de morro, ex-fumante de três maços de Belmonte por dia, ex-macumbeira e ex-mais um monte de outra coisa:

— Isso aqui é a casa do Senhor, varão — falou de um modo ríspido a obreira.

A bicha não gostou nada mesmo daquela afronta, mas preferiu fazer a egípcia porque queria saber do paradeiro do marido. Por isso engoliu a seco o coió que tomou da varoa, uma negra aparentando uns quarenta e poucos anos, gorda e atochada num roupão que ia do pescoço até a sola dos pés. Começou o sermão.

— Irmãos, deixa eu ser boca de Deus para esta igreja. O Senhor me manda dizer que hoje você vai achar o que você está procurando.

Leonardo abriu um sorriso.

— Aleluia! — grita Vasti e toda a igreja.

— Mas Deus também fala de renúncia. Do que você está disposto a abrir mão pelo reino?

Leo fecha a cara. Não estava disposto a renunciar a nada. Não queria deixar de ir aos fervos do Buraco da Lacraia nem de ouvir os discos da Liniker, muito menos de frequentar a Batekoo, ponto de encontro das bichas pretas, lacradoras e afrontosas do Rio de Janeiro.

Mas preferiu ficar até o fim do culto. Queria saber por que bandas andava o seu bofe.

O Pastor começou a falar em línguas:

— Ô ravashúriaaaa, babasurimicanta, ôooooo... Eu sinto o fogo do espírito santo ardendo neste lugar ai ai ai ai!!!!!! Ô aleluiaaaaaaa!!! Receba, recebaaaaa a libertaçãooooo! Se tu roubavas, varão, não roube mais. Se tu cheiravas, não cheire mais. Se tu apertavas um baseado, não aperte mais. Se tu traficavas, varão, não trafiques nunca mais! Larga o pecado!

Um monte de trouxinha de maconha, pedra, cheirinho da loló e pó foi arremessado nos corredores da igreja. Malandramente, Vasti — a convertida travesti — pediu perdão a Deus e, como fazia a cada vez que ia ao culto na hora do apelo, aproveitou a distração da congregação, deu a elza nos entorpecentes na encolha e enfiou tudinho dentro da bolsa imitação pele de zebra.

A igreja canta:

— Solta o cabo da nau, toma o remo nas mãos e navega com fé em Jesus...

E o pastor fez mais um apelo:

— Seja como Danau! Danau era um homem valente, era um cabra macho, varão de uma varoa só, um grande homem de Deus! Seja como Danau e solta o cabo! Assessamalacai Babasurimicantarelli surilicova! Êta, glória!

E mais outro:

— Você que vive na fornicação, botando cobra com cobra pra brigar e espada com espada para lutar, abandona esta pouca vergonha!

Leonardo franziu a testa, arqueou a sobrancelha e afrontou o pastor, que continuava a apelar:

— Ei, você que vive como Maria, mesmo sabendo que Deus te fez João! É contigo que eu estou falando.

Vasti fez a linha madalena arrependida, deu um passo à frente, fez o seu número e se jogou aos pés do espalhafatoso pregador. A igreja veio abaixo. Na semana seguinte ela estaria de volta para garantir o carregamento na hora do apelo.

O pastor não se deu por satisfeito:

— É você mesmo! É contigo que o Todo-Poderoso está falando! Você que bota a rosca pra queimar! Ei, você que dá ré no quibe!

Leo fez a egípcia de novo.

— Ei, psiu! É com você que estou falando. Você que se deita com outro homem como se mulher fosse! Ai, ai, ai... Os olhos e as mãos do Senhor hoje te alcançam!

Leo foi disfarçando, disfarçando, mirou a porta e deu linha na pipa.

Mais uma noite sem o negão. Não era bem de Pedro que Leo sentia falta. Era da confusão, do bate porta, das mordidas e unhadas espalhadas pelo corpo que ele sentia saudade.

Até a vizinhança andava estranhando a calmaria daquele prédio cuja harmonia era sempre quebrada pela baixaria do casal sem-vergonha do 601: nenhum palavrão, nenhum prato arremessado no chão, zero bafafá.

De resto, só a Marrom quebrando o silêncio daquele lugar com "Sabe, meu menino sem juízo, eu aprendi a te aceitar assim, já me acostumei a perdoar você"...

A própria Alcione já fora motivo de briga entre os dois tempos atrás, porque Pedro não era muito chegado no gosto musical do companheiro. Naquele dia, além da porradaria entre os dois namorados, teve disco voando, varado longe da janela do apartamento.

Ainda com certa dose de esperança, Leonardo foi bater perna debaixo de um sol de quarenta graus atrás do marido nas cercanias da Cidade Nova. Na quadra da Estácio, nem tchum. Estava corrido do Berço do Samba porque andou arranjando quizumba por lá.

Leo nem de longe pensava em jogar a toalha. Enfiou-se na Mineira, na Providência, na praça da Harmonia, na capoeira do Cais do Valongo, na roda de samba da Pedra do Sal, e nada.

Mais uma vez engoliu o ranço e o orgulho de marido chifrado, respirou fundo e bateu na porta de Brigitte, a francesa velha. Pedro, quando estava de ovo virado com o baiano, arrancava um troco da gringa em troca de um boquete, uns baseados e umas carreiras.

Não esteve lá. Já fazia meses que a mademoiselle não sabia o que era a pegada do negão.

— Não veio aqui, non. E se viesse não te contarria, cherri — disse a francesa encrenqueira, de sobrancelhas finas e arqueadas, para em seguida bater com a porta na cara dele. Très grossa.

Foi em hospital, delegacia, IML e nada. Nenhum sinal. Nada.

Voltou para casa. Acendeu uma vela para o anjo da guarda, colocou no canto mais alto da sala, ouviu "O que é que eu faço amanhã" no último volume, matou o que tinha sobrado daquela garrafa de aguardente ruim.

Chorou e mais uma vez se possuiu na intenção daquele cara que roubava dele a paz e o resto de vergonha que ainda tinha naquela cara preta. Aquele conjugado do largo do Estácio, bem na subida do Morro de São Carlos, não era igual sem o Pedro. Um cafofo vazio e sem sentido. A vida estava sendo dura demais com a bicha sofrida. Chegava a doer.

Leonardo caiu na real, entregou os pontos.

Manteve tudo no mesmo lugar: a mesa posta com tudo do bom e do melhor para agradar o marido que lhe enchia de pancada, de amor, de flor, de dor. As luzes vermelhas permaneceram todas acesas.

A cerveja gelada, o baseado bolado e apertado no esquema. A cama seguia pronta, o celular com a bateria carregada repousava sobre a cabeceira caso o dono ligasse ou, quem sabe, qualquer dia desses, chegasse.

Auto de resistência

Quem te viu, quem te vê, capitão Ferreira: meu companheiro de farda e de batalhão andava silencioso demais. Logo de início, pensei que as preocupações com o salário atrasado e baixo e a caçada aos tiras que a bandidagem anda promovendo fossem o real motivo da angústia do amigo.

Quase todo dia tem policial morrendo em serviço, e a sensação de que qualquer um de nós pode ser o próximo — isso angustia mesmo. Atendendo aos apelos da minha família, eu mesmo já nem ando mais armado, deixei o distintivo em casa, e a farda, levo sempre camuflada no porta-malas.

Fiz de tudo para que ele se abrisse comigo, e nada. Sempre calado, cabisbaixo, e a mesma resposta cada vez que pergunto o motivo do silêncio:

— Nada não, Cardoso. É coisa minha. Não te preocupa.

Ferreira andou chegando atrasado praticamente a semana inteira que passou e por pouco não pegou uma cana no quartel por indisciplina. Temendo que o pior pudesse acontecer, chamei o camarada para uma resenha no fim do expediente.

Bastou um petisco acompanhado de uma rodada de cerveja num pé-sujo de frente para o batalhão e pronto. Aquele grandalhão, que até dias atrás não derramava uma lágrima, chorou de soluçar.

O amigo desabafou. Felipe Ferreira, o filho mais velho, recentemente completara dezoito anos. A primeira e grande decepção com o primogênito veio quando ele disse ao pai que não seria policial, interrompendo assim uma tradição que já estava na terceira geração da família.

O avô fora um policial linha-dura, considerado o terror da bandidagem carioca. Triste o vagabundo que passasse pelas mãos dele. Era moído sem dó.

Uma vez enquadrado, quem era esperto já abria logo o bico e entregava de bandeja o serviço completo para o velho Ferreira. Ninguém queria se atrever a deixar o cabra nervoso.

Não era somente pela valentia que o delegado Ferreira era conhecido. A pinta de galã do policial era responsável pelo sucesso que ele fazia com a mulherada na juventude, nos bons tempos de titular da DP da Praça Onze.

O que tinha de puta querendo ser presa no plantão do Ferreira não está no gibi.

Apesar de casado com Nair, filha de outro policial linha-dura, o cidadão era um mulherengo incorrigível. Bulia sem perdão com a mulherada. Bela, recatada e do lar, Nair passou praticamente a vida inteira sendo chifrada.

E engoliu a seco cada uma das traições do marido, porque pedir o desquite não era visto com bons olhos pela sociedade. Ninguém respeitava mulher desquitada.

Já aposentado, seu Ferreira tinha como passatempo favorito a roda de conversa com os netos machos, que se reuniam para ouvir os ensinamentos do velho. As netas eram barradas porque, segundo ele, onde homem estava, mulher não podia ficar.

E isso tinha que ser ensinado desde criança, para ninguém desviar do caminho nem pensar em trazer desgosto à família. Orgulhoso, ele dizia aos moleques que o lugar de todo Ferreira macho era na polícia, combatendo o mal.

Costumava pregar a surradíssima máxima de que bandido bom é bandido morto e que mulher tem que ser mantida no cabresto para não subverter a ordem. E seguia dizendo que a última palavra era do homem, e que a maior vergonha que um pai poderia ter na vida era um filho viado.

Racista, dizia que, até que se provasse o contrário, preto era sempre o suspeito.

Nem mesmo o fato de meu camarada Ferreira ter se casado com a assistente social Eunice, que é negra, o velho respeitava.

— A Nice é a exceção. Se não tivesse se tornado uma Ferreira, possivelmente estaria lavando penico de madame ou dando expediente na zona. Ou então vendo o sol nascer quadrado lá no Talavera Bruce — sentenciava o chefe do clã dos Ferreira sem nenhum constrangimento.

Finalizando a palestra, o policial aposentado afirmava — entre tosses e peidos incontroláveis — que homem que era homem dizia o que pensava sem rodeios, doa a quem doer. Aliás, para ele, homem não chorava nem pedia arrego.

Homem era homem, e ponto. Os olhos dos garotos brilhavam com as lições tortas do velho Ferreira, menos os de Felipe.

Diferentemente dos moleques que se divertiam brincando de polícia e ladrão, ou melhor, de polícia e polícia, porque o destino do bandido era sempre morrer, Felipe sempre viveu no seu próprio mundo. Fora alfabetizado pela avó Nair e aos cinco anos já lia e escrevia.

Aos sete descobriu o prazer dos livros. Alguns anos depois, já escrevia poemas que timidamente só mostrava para a mãe, a avó e o Guto, seu melhor amigo desde os primeiros anos de escola.

Companhia frequente de Felipe, tinha com ele afinidade de irmãos, eles dividiam os mesmos gostos e a amizade uniu as famílias por muitos anos.

Agora é essa a razão da amargura do capitão Ferreira. Já fazia tempo que Felipe e ele andavam discordando praticamente sobre todos os assuntos e temas possíveis. As discussões eram frequentes, os conflitos impediam qualquer tipo de diálogo entre pai e filho, e a paz estava longe de ser selada.

Felipe era livre demais para ser um Ferreira. Nem para o mesmo time de futebol da família — uma imposição do avô, como de costume — ele torcia. Contrariando os pedidos do pai, Felipe andava frequentando os fervos da Lapa e, como não bastasse, ingressou no grêmio estudantil do colégio.

O golpe fatal veio logo em seguida, assim de cambulhada. Fardado e acompanhado do seu Ferreira, o pai foi buscar na delegacia o filho apreendido nas manifestações de junho de 2013. Um neto andando no meio de comunista, de puta e de viado? Puta que pariu! Isso tudo esbravejava o velho Ferreira, emendando que aquele moleque precisava de um corretivo.

Na outra vez, o avô quase se engasgou enquanto lia o jornal de manhã. Em solidariedade a uma aluna trans que fora discriminada por um professor ao ser chamada pelo nome de batismo, em vez do social, o neto se juntou a outros colegas de turma e foram todos para a aula de uniforme feminino. Não havia limites.

E Guto também estava envolvido até o pescoço com o manifesto. O apoio à colega trans ganhou destaque nas redes sociais, virou notícia, e a foto foi parar na primeira página do jornal.

O Ferreirão ficou uma semana sem botar o pé no boteco onde dava expediente com outros colegas de farda, para não ter que aturar gozação da turma.

E Nair teve que ouvir calada os resmungos incessantes do marido, às vezes até dormindo, veja só.

Felipe deixou o cabelo crescer, dava uns tragos de vez em quando, se interessou pelo marxismo, enquanto Guto devorava livros de filosofia e os filmes do Almodóvar. Juntos, os dois descobriram o mundo, perceberam que se amavam e decidiram viver esse amor.

Era para sexta-feira ser mais um encontro para estudar à exaustão para as provas do Enem e, depois, um filme para relaxar.

Os estudos ficaram apenas nos planos dos dois. O que fizeram mesmo foi transar e adormecer grudados na mesma cama.

Ferreira, que acabara de chegar de mais um plantão e, como de costume, sempre fazia a ronda por todos os cômodos da casa antes de dormir, se deparou com a cena: Felipe e Guto num enrosco sonolento. Teve vontade de gritar, mas segurou. Foi tomado por uma fúria, porém conseguiu abafar a raiva enorme que sentia.

Saiu do quarto da mesma forma que entrou: sem ser notado.

Nas semanas seguintes deparou-se com a mesma cena, mas continuou fazendo silêncio, até que desabou na mesa do bar.

— Filho gay, levando namorado para dormir em casa, é foda. Onde foi que eu errei, Cardoso?

— Ninguém erra por ter filho gay, Ferreira.

— O que eu vou dizer para a sociedade?

— Você não precisa dizer nada para ninguém. A vida é dele, a família é tua. Desde quando tu te importa com o que dizem a teu respeito? Tu trai a Nice com Deus e o mundo, tua fama no batalhão nunca foi das melhores e tu nunca ligou para a porra de comentário nenhum, rapaz... Qual é, Ferreira? Quer enganar quem mesmo agora?

— E o Ferreirão? Eu falo o que para o velho?

— Se ele rejeitar teu filho, você na condição de pai vai rejeitá-lo pela segunda vez, capita? Filho é filho, porra!

— Tu tá falando isso porque não é contigo, tu nem tem filho para esquentar a cabeça. Aí é mole, né...

Ferreira respirou fundo, tomou fôlego, derrubou num gole só o copo de cerveja que tinha acabado de encher, abriu a bolsa e jogou um envelope sobre a mesa.

— Que merda é essa, capita?

— Abre! — disse meu parceiro com a voz miúda, embargada.

Eu relutei.

— Abre essa porra logo! — gritou, para em seguida desabar no choro novamente.

Fiz o que o amigo pediu.

Pai,

Não é um pedido de desculpas. Eu não quebrei as tuas expectativas. O senhor que as criou e no fim se frustrou com cada uma delas. É da vida.

Me permita criar os meus próprios caminhos e segui-los? Por favor? Eu tenho direito de escolher, sabia?

Direito de escolher a minha cor favorita. Direito de escolher para qual time torcer ou até mesmo escolher torcer para nenhum.

A propósito, detesto futebol. Diga isso ao meu avô, por favor?

Eu tenho direito de escolher as minhas ideologias, não interessando quais. É meu direito lutar por aquilo que acho justo, mesmo que em alguns momentos eu seja voz solitária, como eu tenho sido em casa.

Eu tenho direito a não achar que bandido bom é bandido morto. Tenho direito a acreditar que o homem não é superior à mulher e que ser negro não é condição inferior. Se puder, também diga isso ao vovô.

E, por favor, lembre ao vovô que tanto eu como a mamãe somos negros.

Por fim, eu tenho direito de ser o que quiser e amar quem eu quiser, inclusive outro cara. E eu escolhi amar o Guto.

Amamos tanto o Brasil que decidimos sair país afora, lutando para que todos tenham direitos. Não gosto muito de despedidas, por isso fico por aqui.

Diga à mamãe e à vovó que estamos bem.

Felipe

Na falta do que dizer ao Ferreira, preferi ficar em silêncio. Eu tinha concordado com o moleque em praticamente tudo, mas me faltou coragem para dizer. Não queria dar mais uma pancada no meu camarada, já tanto sovado pela vida.

Sendo bem honesto, até ali nada havia de novo nem extraordinário. Nada que não pudesse ser superado. Eram planos frustrados, expectativas quebradas, apenas. E do capitão Ferreira, para que fique bem claro.

Depois daquele desabafo, o meu parceiro de farda evitou o quanto pôde a presença do pai. O velho, apesar de mal de saúde, de bobo não tinha nada e logo sacou que tinha boi na linha. Encostou o filho na parede.

Quando soube da partida do neto Felipe, o patriarca sepultou o Ferreira vivo e passou a lhe dar as costas a cada encontro. Com o passar do tempo, os ossos apodrecidos do policial aposentado o aprisionaram na cama e, inválido, para aliviar a dor que o fazia definhar aos poucos, ele vociferava insultos ao filho.

A cada visita, o velho não lhe dava guarida e o esbofeteava com palavras cruéis diante de olhos atônitos com tanto ódio e esculacho.

— Você não é homem o suficiente. Inútil. Frouxo. Não tem serventia para nada, não merece o inferno, pois nem o Diabo deseja a companhia de alguém tão fraco como você — sentenciava o pai, prestes a morrer.

Na frente dos outros, o capitão, sem boca e coragem para responder, digeria calado os xingamentos que recebia daquele homem que um dia considerou seu herói. Longe da vista de qualquer testemunha de sua fragilidade, desabava em choro, a ponto de soluçar e avermelhar os olhos.

Antes de partir em sinal de descanso da agonia que lhe corroía o corpo da cabeça aos pés, o velho Ferreira amaldiçoou a vida pela derradeira vez. Ressentido da morte ter ousado atravessar seu caminho e vir buscá-lo, ele ainda reuniu forças para cuspir desacatos e chicotear a alma de cada um dos presentes que ladeavam seu leito.

A alma sebosa não poupou ninguém.

Em seguida àquela chuva de amargor e truculência, Ferreirão desencarnou sem reza, clima de pesar ou saudades dos que ficaram. Na capela, um velório sisudo, como o defunto estirado na urna, contou com a presença de meia dúzia de companheiros dos tempos da ativa. Mãos suficientes para carregar as duas únicas coroas de flores, segurar nas alças do caixão durante o cortejo fúnebre e conduzir o corpo até o túmulo. Ferreira, o filho, ainda guardava aberta cada uma das feridas provocadas pelo seu genitor em pleno leito de morte. Não deu as caras na cerimônia de despedida.

Nair, apesar de cumprir à risca o protocolo de esposa e viúva no velório, não derramou uma lágrima sequer. Mesmo sem saber o que seria da vida dali em diante, ela parecia demonstrar alívio com a morte do homem que havia minado o seu brilho de mulher.

Uma semana após a morte do patriarca, o filho tomou coragem e decidiu prestar homenagem ao Ferreirão. Chegou ao cemitério no final do dia, trazendo um maço de flores debaixo do braço. De frente para a cova, sentiu arrepios e um insuportável enjoo. As lembranças das palavras truculentas do velho vieram, os olhos marejaram e a barriga revirou-se em movimentos bruscos.

A boca encheu de água a ponto de Ferreira não suportar engolir e, como num jato, pôs para fora o que lhe pesava o estômago, cobrindo a catacumba de vômito. Fraco depois da primeira golfada, Ferreira suava frio e mal suportava ficar de pé. Ainda assim, as náuseas não lhe deram sossego.

Na ânsia de se livrar daquele mal-estar, respirou fundo, enfiou o dedo na garganta e vomitou em litros. Refeito, depositou no túmulo do finado pai o buquê de cravos murchos, quase mortos pelo calor do dia. Por fim, retomou o ar, puxou um escarro da garganta ainda dolorida, depois de tanto vomitar, e cuspiu sobre todas as flores.

Aliviado e sem remorsos, deu as costas, cruzou a porta do cemitério e nunca mais voltou àquelas bandas, nem mesmo no dia em que os ossos do velho foram exumados.

Não demorou muito, deu baixa no batalhão, devolvendo armas, algemas, distintivo e uniforme. Abandonou o corte milico no cabelo, presenteou a orelha esquerda com o primeiro brinco. Dos medos, o primeiro foi superado: Ferreira enfrentou a agulha, um pavor disfarçado desde os tempos de criança para não decepcionar o pai. Tatuou a palavra "coragem" no lado esquerdo do peito. Eunice e Nair ficaram incrédulas com o primeiro gesto de rebeldia do ex-policial, uma afronta ao velho, se vivo fosse.

Ferreira manteve distância das burocracias de inventário, mas se apossou do Fusca 1974, único bem do falecido com que fez questão de ficar. Fazia tempos que o automóvel não cruzava o portão. Não tinha mais a memória da rua, desde a doença e morte de seu primeiro e único proprietário.

De tanto tempo parado na garagem e coberto por uma lona para preservar a preta tintura, o fusca estranhou Ferreira quando ele se sentou no banco do motorista, lugar cativo do antigo dono. A viatura engasgou na primeira virada de chave, e o motor, em sinal de protesto, manteve-se em silêncio. O carro não saiu do lugar.

Até chegar a hora de pegar a estrada, carro e condutor levaram dias tentando se entender. Tudo que Ferreira precisava para seguir o desconhecido caminho coube numa mochila dos tempos de recruta que ele fez questão de guardar. Lembrança de uma época em que não tinha domínio sobre as próprias escolhas.

Bagagem pronta, antes de partir guardou a carta de Felipe no bolso da camisa, cumprimentou a esposa Eunice com um beijo na testa e a mãe Nair, de quem tomou a bênção. Depois de abençoado pela matriarca da família, pôs a bolsa nas costas, cruzou o portão sem olhar para trás, por medo de desistir diante de um pedido das duas para que ele ficasse e retomasse a vida de antes.

Ferreira entrou no carro, girou a chave na ignição e de imediato o fusca reagiu roncando o motor em forma de boas-vindas. O ex-milico esboçou um sorriso de alívio diante da resposta positiva da viatura. Para proteger as vistas dos primeiros raios da manhã, botou o ray-ban, sintonizou a estação de rádio, acendeu os faróis baixos, ligou a seta e desceu com delicadeza o freio de mão.

Primeira marcha engatada, foi soltando lentamente a embreagem, enquanto acelerava. De posse da própria vida, Ferreira pegou a estrada em busca do filho primogênito e da liberdade que jamais vivera.

O memorial da travesti

"Eu sou, eu fui e eu sempre serei uma estrela!"

Depois de tanto tempo convivendo com a velhice, talvez fosse essa a única certeza que Odara tinha de si mesma. Por isso, sentada diante da penteadeira, enquanto se maquiava e penteava os volumosos cabelos, cada dia mais brancos, ela a repetia diariamente, em voz baixa, como se fosse um mantra.

Mais uma Sexta-Feira da Paixão. Estava viva! Tinha tanto orgulho do que havia se tornado com o passar do tempo que, apesar dos lapsos de memória, parecia não querer se esquecer de quem era.

Garbosa, de frente para o espelho, ela despiu-se vagarosamente do penhoar da mesma cor do inconfundível batom que usava: vermelho cor de sangue. Nua, escolheu a peça de roupa que vestiria naquela manhã. Preferiu um chemise de algodão cru que valorizava o corpo esguio.

Para adornar a cabeça, um turbante branco e alto que quase chegava ao teto. Sobre o pescoço, os inseparáveis colares de pérolas davam voltas. Nos braços, argolas douradas e um velho bracelete de bronze.

Por fim, a senhora travesti borrifou doses generosas de seu misterioso perfume, que logo se espalhou pelo ar feito incenso. O aroma tomou cada canto. A dona do ilê de paredes brancas e povoado de retratos acabara de acordar de seu sono de deusa.

Depois, a doce fragrância repousou sobre a pele daquela negra dama, que, apesar de ter envelhecido, ainda se conservava macia, viçosa.

Odara estava pronta.

Apoiada no corrimão, desceu elegantemente pelas escadas. Degrau por degrau, passo a passo, cadenciando as longas pernas, os ombros em evidência e as ancas. O barulho do salto sobre o piso interrompeu o silêncio do ambiente.

Parecia uma dessas antigas divas da era de ouro do cinema. Uma Josephine Baker. Ela não ostentava mais a energia da juventude, porém, verdade seja dita, glamour era algo que sobrava nela. Tinha borogodó.

Na meninice, incompreendida e aprisionada num corpo que não lhe pertencia, Odara perambulava com savoir-faire pelas escadarias do morro onde nasceu e se criou.

Desfilava feminina e inocente, equilibrando-se com o corpo miúdo e o peso da lata d'água que carregava na cabeça para defender uns trocados.

Certa feita, ainda na figura de um menino traquinas que mal tinha completado dez anos, Odara entrou escondida e na ponta dos pés no quarto de vó Braulina. A velha se distraía na sala bordando mais um pano de prato.

Quando adentrou o cômodo, a criança ousou desprender-se por alguns instantes da vida cortante que vivia e imaginou-se com superpoderes que a livraram da pobreza. Como num passe de mágica, a heroína criou o seu próprio reino e enfeitou-se toda para receber seu príncipe encantado.

De toalha na cabeça como se portasse longas madeixas, tomou por coroa a desbotada guirlanda de flores de plástico da santa. De cima do pequeno altar, a imagem de Nossa Senhora assistia, passada e intacta, à travessura pueril de quem fantasiava ser princesa.

Guardadas dentro de um antigo baú cheio de quinquilharias, a bengala e o xale desbotado da finada tia Alzira se transformaram em cetro e faixa de miss.

Vaidosa, pôs a gargantilha de pérolas da prima Gracinha Toda Prosa no pescoço e os braceletes de vó Braulina no braço franzino. De baixa estatura, a criança calçou um carcomido sapato de salto alto que estava escondido e esquecido debaixo da cama. Os pés sobraram de tão pequenos que eram.

Um lençol, quase convertido em trapo, transformou-se num longo vestido.

Para preencher o busto que a pouca idade ainda não lhe permitia ter, meias enroladas lhe serviram de seios, enquanto a escova de cabelo virava um microfone.

Quando se aproximou do espelho para admirar seu traje de Cinderela da favela, percebeu que seu rosto infantil carecia de certo brilho e de um bocado de cor. Odara sentou-se na penteadeira das mulheres da casa como quem se assenta num trono e pintou-se.

Ficou divina, um deslumbre! De olhos fechados, cantou "Vida de bailarina" em louvor a Ângela Maria. Como num delírio, emocionou-se com as canções da Sapoti que tanto diziam sobre a vida que desejava ter e parecia tão distante do mundo em que vivia. Foi então às lágrimas.

Quando esperava os aplausos e pedidos de bis, o show para sua plateia imaginária foi interrompido pelo estalar do cinto do avô Ambrósio em suas costas. Era o prenúncio da sova.

Essa era a forma cruel do velho arrancar a criança do reino onde podia sonhar ser quem era. Passado o ardor da pele e desaparecidas as marcas espalhadas por seu franzino corpo, na primeira distração de vó Braulina, Odara reparava na porta do quarto entreaberta e lá estava novamente.

Ornada de princesa e sentada de frente para a penteadeira, erguia seu castelo e seu universo para recriar a si mesma, a menina que imaginava ser.

Apesar das brutalidades, renascia com formosura, fênix viada da quebrada.

Altiva, Odara não se permitiu tropeçar naquelas lembranças ruins que lhe vieram feito fumaça, mas logo se desfizeram no ar, uma a uma.

Na sala de estar, puxou vagarosamente a cadeira, sentou-se, pouco provou do café da manhã que estava posto na mesa impecável com louças de porcelana, talheres de prata, vasos de flor, toalha branca e guardanapos de linho. Um luxo.

Diante de tanta fartura, preferiu o habitual chá de ervas, sempre temperado com gotas de limão e mel. Não suportava açúcar e muito menos o calor que fazia naquelas primeiras horas da manhã.

Depois do desjejum, o passeio pelo jardim. A mona regava as plantas e aproveitava para contar seus muitos segredos às suas companheiras de canteiro. Babados que nem às paredes ousaria confessar.

E muito menos à Berenice, seu braço direito desde os tempos de penúria e única remanescente dos tempos da Casa Flor. As duas eram como mão e luva, duquesas da mesma dezena, viviam às turras, mas se entendiam.

Boca de mavula, daquelas bem chegadas num ejó, Berê, apesar da gratidão por aquela que a tirou das ruas e lhe deu dignidade e teto, era incapaz de guardar um segredo.

A travesti língua solta sempre dava o truque da galinha morta. Quando não forjava sono, ouvia por trás das portas e das paredes com um copo pressionado no ouvido.

Por isso a patroa não palestrava no horto antes de ter plena certeza de que a filha mexeriqueira não estava por perto.

Odara não tinha meias palavras, nenhum pudor ou medo de ser julgada. Espalhadas entre vasos e xaxins, as damas-da-noite, as gloriosas, as gotas de orvalho e as rosas-vermelhas ouviam, emudecidas e atentas, as confissões da mademoiselle.

Para a maria-sem-vergonha que depois da secura do inverno enfim florescia, ela contou sobre o dia em que se tornou mulher e ganhou o mundo. Tinha na época uns dezessete anos, uma vida inteira para viver, e escolheu a Sexta-Feira da Paixão para renascer diante dos olhos atônitos da parentela.

Diferente dos outros anos, Odara não saiu da cama logo cedo para acompanhar as mulheres da família nas celebrações da paróquia. No dia do martírio de Cristo, dentro da casa dos Pereira não se falava alto nem se gracejava.

As mulheres, que se chamavam Maria, só podiam pentear o cabelo depois do meio-dia, para desagrado da vaidosa Gracinha Toda Prosa, que diferente das mais velhas nem tão religiosa assim era.

Mas, por temor às cajadadas de tia Alzira, a menina-moça seguia à risca o preceito. E, depois do estouro da pedreira cobrir tudo de poeira para anunciar a metade do dia santo, lá estava ela, toda enfeitada e de sassarico pelos becos da favela.

Na Sexta-Feira Santa, era lei naquelas cercanias: nada podia ser feito que profanasse o sangue de Jesus. Isso sempre alertava vó Braulina, com olhos esbugalhados que já assustaram muita criança. A velha beata gostava de contar a história de uma mulher que insistia em lavar o banheiro no sagrado dia.

— Jogou o primeiro balde d'água, o segundo, o terceiro, e quando chegou no sétimo o chão virou um rio de sangue. O sangue do cordeiro profanado.

Emendava com outro causo:

— Uma jovem ousou se pentear no dia de suplício do homem de Nazaré. O espelho partiu-se na hora e o diadema que ela pôs na cabeça se transformou numa coroa de espinhos, a mesma usada por Cristo na crucificação. Caiu dura, morta no chão. Mortinha! A vaidade dessa mulher fez ela padecer de Pôncio Pilatos, descer à mansão dos mortos, mas diferente do santo homem, ela não ressuscitou no terceiro dia! — dizia vó Braulina com voz grave, assustando todos à volta, enquanto vô Ambrósio fazia troça da história pelas costas.

Católica apostólica romana, Braulina não perdia as novenas de terça-feira na casa do compadre Manoel Gadinga, o bastião da Folia de Reis da comunidade. A matriarca dos Pereira também não arredava o pé da casa de Pai Joaquim de Angola, o preto velho rezador, vencedor de demandas e de coisas de que até Deus duvida.

Era muito agradecida à entidade por causa da cura de uma erisipela num dos pés, prestes a apodrecer de tão mal que cheirava, por um triz não foi amputado. Antes de bater na porta do terreiro, correu tudo quanto é médico, e nada.

Por pouco não desistiu.

Não fossem a mandinga, as ervas maceradas no pilão e a fumaça do cachimbo de vovô em cima das feridas durante sete segundas-feiras seguidas, para cortar aquele esconjuro que quase lhe deixou cotó, Braulina não estaria de pé.

Pai Joaquim também curou a espinhela caída de Ambrósio. Com reza, deu fim ao cobreiro que comia por inteiro a pele de Masé e desmanchou o quebranto do moleque Tobias quando ele ainda era criança de colo.

E, com sebo de carneiro derretido no lampião de querosene, desentortou a perna esquerda de Gracinha Toda Prosa, manquitola até os sete anos de idade.

A fama de curandeiro de Pai Joaquim gozava de bom cartaz e corria nas sete freguesias. Maria da Anunciação, médium que desde mocinha dava cabeça para o mandingueiro vir à terra cumprir sua missão e socorrer os necessitados, mal tinha tempo de tomar uma fresca.

Debaixo de chuva ou de sol escaldante, uma fila de enfermos e desvalidos fazia vigília bem em frente ao portão da tenda espírita, de semana a semana, em busca de uma graça.

Pai Joaquim também foi alento de Damiana, prestes a largar Antonino, sujeito malquisto e malfalado na vizinhança, sem caminho pelo mundo, entregue às bebidas e à perdição, vivendo ao deus-dará. Com água de moringa e um dedo de prosa olho no olho, só os dois de frente para a imagem de Santo Antônio de Categeró dentro do roncó, o preto velho curou do vício da cachaça o marido da baiana.

Quem viu aquele homem e quem hoje o vê, não acredita.

O griô só faltava fazer chover. Mas não curava falsidade, malquerença, língua comprida e nem aqueles que carregavam maldade e ódio no coração.

Apesar da vida simples e cercada de privações, Maria da Anunciação jamais aceitou um tostão das mãos dos fiéis. Sentia-se ofendida com as ofertas, e com os insistentes agraciados por Pai Joaquim de Angola a filha de santo era enfática:

— De graça dai, de graça recebeis. Caridade não se cobra nem se paga.

Dizem que vinha gente até do estrangeiro atrás de milagres e de uma palavra amiga do preto velho. Na semana que antecedeu seu renascer, o que Odara, ainda morando num outro corpo, ouviu da boca do sábio ancião soou libertador:

— Fia, foi Deus quem te fez assim do jeitinho que ocê se vê, quando fecha os zoinho e sonha.

Regando as plantas, a travesti foi às lágrimas ao recordar esse dia.

Era noite de lua cheia. Pai Joaquim pediu à cambona Etelvina um galho de arruda, um maço de guiné, outro de peregum, folha de louro e manjericão e um pedaço de morim virgem. Pôs a jovem de pé sobre o pano branco e rezou:

— Jesus de Nazaré.

O preto velho fez o sinal da cruz com as ervas no rosto de Odara.

— Filho da Virgem Maria.

Em seguida, fez o sinal da cruz no peito dela.

— Guarda esta filha todos os dias e todas as noites.

Tornou a fazer o sinal da cruz, dessa vez com as ervas na barriga.

— Este corpo não será preso, nem a alma, perdida.

Fez o sinal da cruz mais uma vez, agora com as ervas nas costas.

— Nem seu sangue será derramado.

Repetiu o sinal da cruz com a ervas na cintura.

— Bom Jesus, Ave Maria!

Fez pela última vez o sinal da cruz de cima a baixo do corpo de Odara.

— Que assim seja! — encerrou o Pai Joaquim.

Por fim, deu sete baforadas de cachimbo e, acompanhado pela consulente, emendou a benzedura com um pai-nosso e uma ave-maria. Por ordem do velho feiticeiro, a cambona Etelvina enterrou o morim branco pisado durante o ritual num lugar onde Odara e a própria Maria da Anunciação jamais souberam.

Findo o ritual, Odara passou sete dias e sete noites confinada dentro do quarto e na semana seguinte esvaziou o armário e todas as gavetas. Fez uma prece de agradecimento ao corpo-casulo que a abrigou do dia em que nasceu até ali e libertou-se.

Criou asas para voar, estava confiante. Largou para trás o nome e o sobrenome da antiga certidão de nascimento, sepultou o passado, o presente e tudo que não lhe cabia mais.

Daquele dia em diante era ela, dela.

De frente para o espelho, projetou o próprio futuro. De vestido carmim e batom, estufou o peito, aspirou o ar da coragem, ergueu a cabeça, abriu a porta do quarto e de lá surgiu Odara, o nome que veio ao seu encontro trazido pelo vento em plena Sexta-Feira da Paixão.

E assim fez questão de ser chamada por todos: O-da-ra.

Pronto, a quizila estava formada! Os homens da família Pereira, incrédulos com aquela ousadia, se entreolharam. A fuxiqueira da tia Abigail tombou da cadeira e quase perdeu a peruca. Dona Olímpia deu santo de ekê. Maria da Anunciação fez boca torta com a marmotagem da beata de araque.

Não deu outra: a tal da entidade, que baixou sem ser convidada, com o caldo prestes a entornar naquela contenda familiar subiu na hora, na mesma gira em que desceu.

Na distração dos mais velhos, a criançada tomou conta da mesa de doce. O moleque Tobias derrubou a panela de canjica, Aninha fugiu com o tabuleiro de bolo de fubá com goiabada e o traquinas do Zeca se empanturrou de cocada. Não sobrou um quitute para contar história.

No meio daquele ejó em pleno dia santo, o compadre Manoel Gadinga cuspiu junto com a dentadura frouxa o marafo que tinha acabado de beber. Vó Braulina se engasgou com a espinha de peixe da moqueca e quase foi ao Ló.

Um quiproquó!

Odara não esperou que lhes mostrassem a porta da rua. Ela desceu o morro esconjurada, excomungada e debaixo de muitos gritos e insultos. Era cruz-credo, ave-maria de um lado, vai de retro, Belzebu! e filha do Satanás de outro. Babado, gritaria e confusão!

Chico Pinote, o justiceiro aposentado, cansado de guerra, que naquela altura do campeonato mal se aguentava de pé, acordou assustado e se apoquentou com a gritaria. Num galope só, o velha guarda do crime pulou da cama, catou os óculos remendados com fita isolante. Passou a mão em Catarina, a garrucha enferrujada de estimação que já impôs muito respeito na favela e andava abandonada, esquecida num canto de parede, coitada.

Apesar da marra, já fazia tempos que o ex-mandachuva da área não apitava nada por ali nem metia medo em mais ninguém. Era motivo de chacota. Com marra de cão, abriu o portão, cheio de autoridade e de flatulência. Apareceu no meio da fofoca, de ceroula furada, tossindo sem parar e com a arma na mão.

Ameaçou dar uns tiros para o alto para cessar o bate-boca dos Pereira, que começou lá no quintal da família e seguiu colina abaixo, chegando quase no asfalto. Ninguém deu ouvidos ao bandido aposentado.

Chico Pinote se zangou com aquela balbúrdia, cumpriu a promessa e apertou o gatilho para apaziguar a situação. Catarina se engasgou, o primeiro tiro falhou, o segundo pegou no transformador e acabou com a luz na favela.

A terceira bala ricocheteou e acertou de raspão a bunda do pastor Antenor, que tinha acabado de descer do monte, depois de uma madrugada de jejum e oração e entrou de gaiato no furdunço familiar.

Foi um deus nos acuda! Antenor deitado de bruços e com o rabo ensanguentado, aguardando socorro, e curiosos à sua volta. Não demorou muito, a patrulhinha chegou e Chico Pinote ninguém mais viu.

Enquanto isso, Odara atravessava serena a via-crúcis. Não trazia na sacola nenhum dos xingamentos que ouvira no infame cortejo que a seguia pela ladeira. Pura de coração, a jovem mulher revelada distribuiu perdão e palavras de cura aos que a amaldiçoaram.

Antes de partir, recebeu de Gracinha Toda Prosa o colar de pérolas que tanto adorava e, passado tanto tempo, ainda carrega no pescoço. Expurgada da família, ela estava livre, enfim, para ser Maria, sem vergonha.

O sorriso do negão

Era meu primeiro dia na academia e quase pirei quando vi aquele negão. Tinha me mudado recentemente para o bairro, ainda não conhecia praticamente ninguém. Quando não estava trabalhando ou estudando, eu batia ponto no meio dos tantos aparelhos sucateados e enferrujados onde aquele deus negro ia malhar todos os dias, sempre no fim de tarde.

Eu já ficava de tocaia, apreciando de longe aquelas pernas e bunda torneadas, os braços e peitoral fortes e definidos. O sujeito estava sempre de cara amarrada, não dava qualquer chance de aproximação nem esboçava um sorriso sequer. Nada. Cara de pouquíssimos amigos. Mesmo assim eu fantasiava com o tal negão sisudo.

Com o passar do tempo, descobri que ele era segurança e morava num prédio vizinho ao meu. Por pouco nossas janelas não davam uma pra outra.

Num desses dias de treino, resolvi quebrar o gelo para ver qual era. Não que ele tivesse me dado qualquer condição. Eu queria mesmo me aventurar, encontrar alguma forma de me aproximar daquele boy magia.

Papo vai, papo vem, e nada. O boa-tarde ou boa-noite que eu dava, quando respondido por ele, era atravessado.Quase não saía. Uó.

Por fim, cheguei à conclusão de que o negão não gostava de assunto, mas algo me dizia que eu não devia desistir. Continuei tentando, confiando sabe-se Deus no quê.

Fui no carão.

Minha luz arco-íris acendeu no aniversário da Lu, uma amiga passista bafônica recém-chegada da Europa depois de uma turnê de samba. Mulher viada, aquela nega tombou a humanidade e sambou na cara da sociedade ao voltar loiríssima e com muitos euros no bolso. Babadeira, a Preta Lu fez um verdadeiro regabofe na favela onde nasceu e foi criada para comemorar mais um aniversário.

A festa parou a comunidade, varou a madrugada toda e foi um festival de manos, minas e monas. Até show de drag queens e gogo boys teve. Era o mundo se acabando, mesmo. Uma verdadeira lacração.

Lá pelas tantas, quem aparece? Ele, o *meu* negão.

Quer dizer, ele já era meu, mas ele próprio não sabia, entendeu? Eu me fazia tremer todo. Precisava beber algo para digerir a situação, mas, como estava dirigindo, foi tudo no close mesmo. Sou desses, não sou daqueles.

O bofe chegou com a irmã e a mãe, uma coroa para lá de animada e sacana de quem logo fiquei amigo. Nosso santo bateu e nossos anjos da guarda cantaram "Born This Way".

O filho carrancudo me viu, no primeiro instante fez a egípcia comigo, mas em seguida me reconheceu de algum canto e, para não pagar de mal-educado, apertou forte a minha mão.

— Prazer, eu sou Domingos Silva, mas pode me chamar de Dom. O mundo é pequeno né? — disse ele, tentando fazer a linha comigo.

Eu, que falo pelos cotovelos, emudeci de cara, mas respondi com a voz embargada:

— Prazer também. Eu sou o Átila.

E eu tentando disfarçar a dor na mão que aquele ogro quase esmagou ao me cumprimentar.

Segue o baile. Ou melhor, a festa. Na hora dos parabéns, a aniversariante saiu do bolo, apoteótica, ao som de "I'm Every Woman". Era o próprio abuso encarnado.

A irmã e a mãe de Dom tiveram que ser contidas várias vezes pelos convidados, enquanto os gogo boys dançavam. Estavam histéricas com tantos rapazes gostosos se requebrando seminus na frente delas.

Estava foda controlar as monas. Era terror e pânico!

Depois foi a vez dos marmanjos perderem a linha com as meninas do pole dance. Os que estavam acompanhados ficaram na disciplina porque não queriam arranjar problema em casa. Fofoca! A porta do Vale se escancarou, teve muito boy que posa de machão na pista soltando a franga freneticamente na hora do "I Will Survive", da rainha gay-mor Gloria Gaynor.

Eles não conseguem se conter dentro do armário e, no fim de tudo, sempre colocam a culpa na tal da bebida. Então tá, né?

Em seguida, tocou "Macho Man", hino universal do Village People. Aí fodeu de vez, não teve jeito. Dom entrou na dança. Ele já estava bem alto, mais leve e solto, e resolveu sensualizar. Foi um griteiro na festa. Mais uma vez, babado, gritaria e confusão.

Primeiro o puto tirou a camisa. Ele sabia que estava causando. Meus olhos saltaram igual ao do Máskara, meu coração veio dar na boca, meu queixo e meu copo desabaram rumo ao chão.

Não satisfeito, meu chocolate sensual subiu na mesa e ameaçou baixar a calça. Um grande coro se formou:

— Tira, tira, tira!

Fiquei de longe, torcendo pelo desfecho da cena, mas ele, vendo o tumulto que ia causar, desistiu do nude. Que pena! Frustrei e, junto comigo, meia festa também.

Já estava de saída quando, ao chegar no estacionamento, vi que a irmã dele estava na merda, quase entrando num coma alcoólico. Ofereci para levá-los em casa e, depois de muita insistência, eles aceitaram.

A mãe foi no banco de trás amparando a caçula beberrona, e o negão ao meu lado, no carona. Por causa da cachaça na ideia, ele estava falante, bem diferente daquele homem sério, fechado, da academia.

Dom foi me zoando até a porta da casa dele, me chamando de ruim de roda, apertando meu braço e, ao me comparar com o físico que ele ostentava, me chamou de frango. Disse que sacou qual era a minha e que eu ia para a academia para ficar manjando os caras malhando.

Fiquei meio sem graça, mas resolvi entrar na onda. Malandramente, mirei logo no peitoral dele e apertei com força. O mamilo endureceu, ele ficou visivelmente arrepiado com a invasão e retirou a minha mão na hora com a brutalidade que lhe é própria. Percebi que estava aos poucos ganhando território.

Continuando o jogo e na maior maldade, enquanto passava a marcha, encostava descaradamente nas coxas grossas dele de propósito. Senti que a brincadeira estava agradando.

Parei na porta do prédio onde moravam, e a mãe e a irmã subiram. Ao descer por último, ele, com uma cara bem sacana, me perguntou o que poderia me fazer para retribuir a gentileza. Eu timidamente disse que nada. Ele insistiu. Respondi que estava tudo certo. Ele retrucou:

— Tem certeza, cara? Olha, hein... Não vou perguntar de novo.

Eu parei, respirei fundo, pensei e disse:

— Que você sorria para mim sempre que me encontrar na academia.

Dom soltou uma gargalhada, em seguida cruzou os braços malhados, depois se abaixou na direção da janela, me olhou bem dentro dos olhos, deu a volta, entrou no meu carro de novo e, com ar de deboche, mandou a real:

— Hoje quem vai sorrir é tu, moleque!

Meu coração disparou freneticamente.

Nem tive tempo de reagir. Ele me agarrou e me beijou bem quente enquanto me esmagava num abraço que quase me deixou sem ar. Depois disso, fomos para a minha casa, bebemos, fumamos alguns baseados e transamos como se não existisse amanhã. Dormimos, acordamos, fodemos de novo e, quando nos demos conta, já era noite.

Por alguns instantes ele se manteve sério, praticamente não falou uma palavra sequer, como em todas as oportunidades em que nos encontramos na academia. E eu, claro, fiz questão de lembrá-lo de que mais cedo ele tinha me prometido que sempre sorriria, em cada momento que me encontrasse.

Dom gargalhou alto e gostoso, me agarrou pela cintura e, depois de mais um abraço forte e um beijo daqueles que roubam o ar, ele se vestiu e foi embora.

Nem preciso dizer quantas vezes esse negão sorriu para mim depois desse dia. E o quanto ele já me fez sorrir.

Ninguém regula a América

Para Écio Salles (in memoriam)

— Aláfia! Exu anuncia novos caminhos, Ogum coloca nas tuas mãos todas as armas que você precisa para vencer os inimigos que na tua frente estão. Oxóssi te responde com fartura e prosperidade, mesmo em tempos difíceis. Oxum te pede para não endurecer o coração porque o amor vai bater na tua porta.

Assim revelou Mãe Jandira para Uóston, na flor da mocidade e desencantado da vida.

Não tinha notícia boa que fosse capaz de trazer ânimo e botar um sorriso naquela cara preta emburrada. Pela primeira vez a criatura estava recebendo uma nova chance para se redimir dos maus passos que havia dado até ali, mas parecia não levar fé em absolutamente nada do que estava sendo revelado pelo oráculo africano.

Os búzios foram lançados mais uma vez:

— Oyá declara que os ventos dela estão levando as coisas ruins para bem longe e trazendo para perto de você tudo que é positivo. Nanã Buruquê te traz acolhimento e Iemanjá cobra de você serenidade para lidar com os encontros e desencontros na tua caminhada pelo mundo. Os Ibejis dizem que vão te devolver a alegria de viver e hão de preencher de esperança os dias que virão.

"Mais alguma pergunta, meu filho? — indagou a velha ialorixá antes de fechar o jogo que havia começado bem no meio daquela tarde calorenta de sexta-feira e já invadia as primeiras horas da noite."

— Não, senhora. — respondeu Uóston, todo trabalhado na arrogância, com cara de quem comeu e não gostou nem um pouco da iguaria que provou. Pessimista da sola dos pés até a raiz do cabelo, andava colecionando perrengue atrás de perrengue e se julgava incapaz de qualquer progresso na vida.

A mãe de santo estava perto de subir nas trouxas e dar um coió naquele consulente descrente sentado à sua frente havia quase três horas. No fundo, aquela marra de Uóston, do tipo de quem parecia carregar um rei na barriga, era puro ekê.

Ele não tinha a menor ideia do que ia fazer no futuro. Depois de todos os conselhos que recebeu dos orixás, levantou-se, deixou sobre a mesa o dinheiro da consulta e não fez a menor questão de anotar os banhos que deveria tomar.

Também ignorou solenemente a lista de compras para o ebó que Mãe Jandira recomendou que fizesse para que a vida do sujeito enfim entrasse nos eixos. Tinhosa que só, a bicha fez a egípcia, mal agradeceu à religiosa e, pior, deixou-a falando sozinha.

Deu as costas para o congá, saiu pisando pesado e nem a casa de Exu ele saudou. Não satisfeita, a bicha bateu o portão do terreiro com tanta força que quase jogou no chão o muro de barro caiado de branco.

Desceu a ladeira puto dentro das calças, resmungando feito velho ranzinza. Pegou a reta, cortou caminho por um beco escuro, deu de cara com a boca de fumo. Na dúvida entre um preto e um branco de vinte para ser consumido no conforto do seu cafofo, preferiu as mãos vazias.

Pensou bem, não quis arrumar outra fogueira para pular. Achou melhor evitar o risco de tomar uma dura da polícia, arranjar um flagrante forjado e uma anotação na ficha criminal.

Enquanto caminhava rumo ao ponto de mototáxi, Uóston ensaiava o ejó que ia armar com Uitinei, a irmã caçula truqueira metida à cantora, com quem estava engasgado até o talo de tanto ranço. A indaca de afofô já estava formada e, no que dependesse dele, ia ter batidas de palma, mãos nas cadeiras, peneirada de ombro, sobrancelha arqueada, boca de pierrô e muita baixaria.

A bronca do irmão tinha razão: foi por insistência da mana que a mona desalentada atravessou a cidade debaixo de uma lua dos infernos para se consultar com a tal mãe de santo. Era a última tentativa dele de se livrar de vez das perturbações, mas, na cabeça de Uóston, ele perdera tempo, paciência e um aqué que nem tinha para gastar.

— Ah, Uitinei... você não perde por esperar! — pensava alto o viado vingativo enquanto tramava na mente o rebuceteio familiar que ia parar a rua onde morava desde que se entendia por gente.

Chegou ao ponto do mototáxi suando horrores e com o desodorante perto de vencer. Era o próximo passageiro de Zulu, o cobiçado motoboy da área, mas a Uóston estava tão azeda, tão virada no catiço, que nem olhou para a fuça do mavambo.

Verdade seja dita: se Deus é justo, a calça que ele usava era muito mais. Sabe-se lá como aquela indumentária tinha entrado naquele corpo sarado e muito menos como sairia dali.

O ocó parecia estar embalado a vácuo. Era gritante o saco partido bem ao meio e o volumoso ocani posicionado do lado esquerdo da virilha, marcando quinze para as nove.

O jeans surrado e rasgado na altura dos dois joelhos destacava as pernas grossas e o edi empinado do cafuçu pagando cofre em cima da moto. A raba quase alcançando a nuca parecia não caber dentro da cueca branca com etiqueta da grife exposta.

Enquanto meio bairro daria um rim, um fígado, a alma e o ordenado inteiro do mês por uma noite com Zulu, Uóston bancou a enjoada. Se Cássia Kiss, o mesmo não se poderia dizer dele. A bicha ignorou o bofe odara.

Pagou logo adiantado para abreviar o assunto, travou uma luta para enfiar o capacete no cabelo black power gigante. Perdeu a paciência e varou longe o equipamento de segurança, para espanto de geral ali no ponto. Ninguém entendeu nada.

Depois do piti, Uóston trepou na garupa da moto. A bilu agarrou na cintura do negão, jogou a rabeta para o alto, desafiou a sorte que até aquele instante não tinha e lá foi, bem afrontosa, com o picumã ao vento abafado. Não deu um pio sequer no trajeto. Zulu estranhou a indiferença.

Estava acostumado a tomar cantada de viado e tinha fama de socador. Ele jurava que não pegava, mas no sigilo topava tudo e curtia uma broderagem sem explanação.

O mototaxista não se deu por satisfeito com o desprezo e puxou assunto:

— Tu veio lá do terreiro da Mãe Jandira, não veio?

— Vim — respondeu a seco o passageiro, sem a menor disposição para render conversa com aquele boy disponível para qualquer negócio. O clima pareceu instigante para Zulu, doido para quebrar uma louça com a Uóston.

— Tô ligado. Sempre levo e busco uns caras como você lá.

A bicha não se manifestava.

—Da próxima vez que voltar, se tu quiser é só dar um toque, valeu? — disse o boy, já entregando o cartão para quem pensava ser sua próxima presa. E a bicha não se manifestava. Calada estava, calada continuou.

O silêncio sepulcral do trajeto foi interrompido pela arrancada dada por Zulu na moto, que por pouco não arremessou a monete longe.

— Eu não vou mais voltar aqui — retrucou Uóston, para desapontamento do ocó, enquanto descia da garupa em frente à estação. Nem olhou para trás.

Mofou na plataforma sentido Central do Brasil. Depois de quatro tentativas, enfim conseguiu entrar na condução. Não bastasse a lonjura do caminho de volta, o trem estava lotado. Era tanta gente se espremendo, se esbarrando, e Uóston puto, com raiva da vida.

Naquela muvucada, foi presenteada com um belo pisão no pé, bem na unha encravada. Chegou a ver estrelas. Só não comeu de porrada o autor da patada porque era um cego pedinte e velho conhecido dos passageiros. Do contrário, o tempo ia fechar no coletivo.

Também teve que suportar uma renca de camelôs disputando quem gritava mais para ganhar a preferência da freguesia. A bicha queria morrer.

Como todo castigo para corno é pouco, o ar-condicionado do vagão em que Uóston viajava estava quebrado. Desceu na estação seguinte, correu e entrou no carro da frente sem se dar conta de que era o exclusivo de mulheres. Não foi bem recebido.

Nem o fato de jurar de pé junto que era gay e feminista convenceu as passageiras e os seguranças. Não teve jeito, saiu de lá enxotada, xoxada e xingada de tudo quanto é nome pelas manas. Ficou em dúvida se pagava a vergonha que passou no débito ou no crédito.

Só queria chegar em casa, desejava que aquela sexta-feira acabasse. Ou melhor, que nunca tivesse existido. Assim como o dia em que a mãe dele decidiu ir embora atrás do tal sonho americano, abandonando-o aos seis anos de idade com a irmã mais nova.

— Jura para a mãe que vão obedecer a vó? Assim que tudo der certo lá, eu volto para buscar vocês dois — disse Márcia para os filhos Uóston e Uitinei antes de ir para o aeroporto.

Já havia prometido isso para as crianças na vez passada, quando se casou com um gringo que conheceu na Help.

As más línguas da vizinhança contam que ela voltou três anos depois na maior merda, de mãos abanando, e não ficou nem uma semana com as crias. Enquanto a irmã se iludia com a promessa das bonecas que a mãe traria, Uóston era só silêncio.

A mãe meteu o pé. Morreu tentando atravessar a fronteira do México com os Estados Unidos e o corpo ficou por lá mesmo. O ódio de Uóston só aumentava com o passar do tempo, e as lembranças pareciam vir em cascata na cabeça dele enquanto o trem seguia naquele balanço desconfortável.

— Eu já não sei mais o que fazer com esse menino — disse dona Conceição para a diretora do colégio.

Tinha sido convocada com urgência mais uma vez por causa do mau comportamento do neto. Nem tempo para tirar os bobes do cabelo a velha teve. O moleque, que estava estacionado na quinta série pelo quarto ano consecutivo, dessa vez havia rabiscado "o pluto é filho da pluta" em tudo quanto é canto da escola. Foi a gota d'água.

— A irmã dele não me traz aborrecimento, leva a vidinha dela sossegada, estuda e faz bolo para fora para ganhar o dinheirinho dela. Só me tira do sério quando começa com aquela cantoria de taquara rachada. Agora esse aí, ó, dá vontade de largar mão. Mas, se eu fizer isso, vai sumir no mundo e levar o mesmo fim da mãe, que nem enterro decente teve. O pau te acha, peste! Ah, se acha! — ameaçava a avó diante do neto com aquela cara de cachorro que caiu da mudança.

Quando voltou para a realidade, Uóston se deu conta de que tinha passado da estação em que deveria descer, já estava na Central do Brasil. Preferiu dar um rolé no Arpoador. Perdeu o pôr do sol, mas esbarrou com as manas do vôlei. Estava meio enferrujado, mas, como ainda atacava bem, dava uma cobertura na rede e uns bons saques pesados, topou jogar para espairecer um pouco.

No primeiro contra-ataque, a bola voou longe e acertou em cheio a cara de Sam.

— Você devia prestar mais atenção onde jogar *esse* bola!!!

— Foi mal — se desculpou, seco, e deu as costas. Bafão na areia: Sam partiu para cima de Uóston.

— Você quer que eu faça o quê, porra?!? Arrancou pedaço, caralho?!? Já não disse que foi sem querer?!? — gritou, já empurrando o gringo.

O americano, que não levava desaforo para casa, encarou e deu-se um bate-boca. Como o estoque de palavras em português do gringo esgotou bem rápido, engatou no inglês.

Uóston não deixou por menos e não ia ficar por baixo. Mandou um *fuck you*, depois um *get out motherfucker*. Tinha aprendido nos filmes e games que jogava quando era moleque e matava aula, para desgosto da avó, para passar a tarde na lan house.

Se a língua separava, o sangue quente e os nervos à flor da pele uniam esses dois. Foi só acender o fósforo e... bum!, incêndio na certa entre Uóston e aquele homem também negro, de vinte e poucos anos e cheio de revolta na cabeça.

Sam desdenhou do vocabulário dele e cutucou a onça com vara curta. Ia dar babado, gritaria e confusão. A discussão estava prestes a descambar para a porradaria, mas a turma do deixa-disso interveio e tudo terminou em zoeira pesada na beira da praia.

Ao contrário de Uóston, Sam parecia acreditar em algo. Tinha o Salmo 23 tatuado em inglês no lado esquerdo do peito e outra tatuagem de Tupac nas costas musculosas.

O boné de aba quadrada enterrado na cabeça do americano escondia uma cicatriz na testa. A camiseta do Chicago Bulls, dois números acima do tamanho dele, reforçava os braços fortes e os pelos grossos das axilas que escapavam pela manga. A cara amarrada assustava quem não o conhecia, mas também provocava um misto de tesão e curiosidade nas bees mais nervosas com a novidade da praia de Ipanema.

O que quase ninguém sabia é que por trás daquela carranca também havia dor e muita ferida aberta.

Como Uóston, ele também sabia de cor e salteado o significado da palavra "abandono". Por causa do seu temperamento forte, fora adotado por cinco famílias, devolvido por quatro e acabara de romper vínculo com a última, que o acolheu já adolescente para voltar ao Brasil atrás de suas origens.

Filho de brasileira, nunca soube quem era o pai americano. Numa dessas batidas do serviço de imigração, foi arrancado da mãe, ficou abandonado à própria sorte e ao frio dos abrigos onde passou a maior parte da infância.

Da mãe deportada ele nunca teve notícias, e esse era o combustível da sua revolta. Quando pôde decidir seu próprio destino, ligou o botão do foda-se, largou a América e veio para o Rio de Janeiro atrás de algo que talvez nem fosse encontrar.

Quando deram por si, a treta já era coisa do passado. Sam e Uóston estavam sentados num quiosque da Farme de Amoedo bebendo. Havia um clima de cumplicidade, estavam bem interessados em saber da vida do outro.

Não queriam se perder de vista e aquele encontro, quem diria, acabou rendendo mais do que o esperado. Ainda é verão, mas faz frio, tudo é cinza, as ruas e as praias estão desertas. Há duas semanas chove sem parar no Rio, Uóston parece ter se esquecido das quizilas, das amarguras da vida e do próprio caminho de casa.

Sam abandonou o semblante amarrado. Agora sorri alto e escancarado sem sequer saber do quê. Como o seu par, também se esqueceu do passado, das boladas e rasteiras que levou e do motivo que o trouxe pela primeira vez a esta cidade de que não pensa em se despedir.

A porta e as janelas do apartamento de último andar na subida do Cantagalo, de frente para o mar, estão fechadas há dias. Lá dentro é tudo paixão, tesão, calor.

Os vidros e o espelho embaçados testemunham a água quente do chuveiro deslizando pelo corpo nu de Uóston sob os olhos atentos de Sam. Ele ensaboa sem pressa as costas em relevo do amor que esta cidade lhe deu, incrédulo e ao mesmo tempo admirado do que vê, enquanto toca lentamente e beija o que agora é só dele e de mais ninguém.

A vida lá fora segue esperando pelos dois. Sam e Uóston fizeram um pacto, apegaram-se um ao outro e ao mundo que criaram dentro das quatro paredes, onde estão confinados sem dia nem hora para sair.

Pela primeira vez, aqueles corpos negros estão se amando e nem em sonho pensam em soltar a mão do outro. Ninguém regula o coração.

Visão

Depois de quase um ano, o Dedé ressurgiu. Chegou silencioso como de costume, trouxe um disco do Cartola debaixo do braço e o livro do George Orwell que me tomou emprestado e ainda não tinha devolvido.

O sorriso dele está diferente, parece ter abandonado aquele ar de menino da primeira vez que a gente se viu, naquele fim de noite caótico, e agora está viril, sedutor.

Meu homem voltou mais seguro de si. Um dia desses, ele próprio me contou, tirou a roupa diante das lentes — que eu gostaria que fossem os meus olhos — e expôs sua verdade nua e crua.

Despido diante do espelho, ele se olha orgulhoso de si, daquilo que somente ele e mais ninguém vê. E, naquele instante, sonhei ser espelho, só para vê-lo nu em pele preta e em pelos. Em estado de graça.

Sobre o desejo de ser de outro, meu preto parece ter rasurado todos os rascunhos da vida que o enclausurou até tempos atrás, e tem se permitido amar e ser amado.

Tudo nele é intenso, tudo nele flui.

Grafia atualizada segundo o Acordo Ortográfico da Língua Portuguesa de 1990, que entrou em vigor em 2009.

capa
Filipa Damião Pinto | Estúdio Foresti Design
obras de capa
Marlon Amaro, *Focado* (2020); *Saudade* (2020);
Tudo por você (2022); *Cátia* (2022).
preparação
Mariana Delfini
revisão
Huendel Viana
Paola Sabbag Caputo

Dados Internacionais de Catalogação na Publicação (CIP)

Conceição, Evandro Luiz da (1976-)
Minha estranha loucura : Histórias / Evandro Luiz da Conceição. — 1. ed. — São Paulo : Todavia, 2025.

ISBN 978-65-5692-861-6

1. Literatura brasileira. 2. Contos. 3. Ficção contemporânea. I. Título.

CDD B869.3

Índice para catálogo sistemático:
1. Literatura brasileira : Contos B869.3

Bruna Heller — Bibliotecária — CRB 10/2348

todavia
Rua Fidalga, 826
05432.000 São Paulo SP
T. 55 11 3094 0500
www.todavialivros.com.br

fonte
Register*
papel
Pólen bold 90 g/m²
impressão
Geográfica